U0054711

一斤苦惱

和權詩集

代序：幾句話

和權

〈一斤苦惱〉

三年了。疫下閱報
心情都比一斤礦石沉重

至於憂思
那就不止幾斤重了

　　這是我的第二十二本詩集。疫情愈肆虐，詩思愈是泉湧，短短三年，竟然寫了數百首詩。繼去年在台灣出版《愁城無處不飛詩》之後，今又將出版《一斤苦惱》詩集。

　　十四歲開始寫詩，至今詩齡已超越半世紀。由於出生於苦難多災的時代，故有許許多多的感觸。筆下有漣漪，也有洶湧的波濤，更有捲天的巨浪，回應了現實世界的種種磨難。若問怎會有這麼多詩？下面這首詩可以作答：

〈新加坡財富噴泉〉

「寫了那麼多的詩
靈感來自何處？」她問

哈哈大笑。我說：
看！fountain of wealth

這噴泉噴了數十年
至今
仍在噴個不停

它　就在心頭。永不枯竭的
憐憫

　　多年前，也曾寫過一首〈落日藥丸〉詩，被收作大學教材，至今仍常被人提起，甚至予以朗誦（也曾在太平洋詩歌節被詩人侯建州教授朗讀過。博得熱烈的掌聲）。
　　台灣名詩人瘂弦先生說：每次來到海邊，都會想起這首〈落日藥丸〉詩。這，誠是至大的鼓勵，令我在詩之途中更加努力地前進。全詩如下：

〈落日藥丸〉

憂思天下，或許
不是癌症一般的
難以治療
只要
伸手取來落日藥丸
就著洶湧的海
暢快地
送下喉嚨

　　若問我的詩觀。記得以前曾自我透露在詩中植入的文學因素：「如果說，我詩中有什麼主調的話，它應該是對苦難人生的悲憫、

對貧富對立的厭煩、對親人的愛戀，以及對戰爭憎惡惱恨。」以前如此，現在亦然。第二十二本詩集《一斤苦惱》的出版，應是我創作生涯中的重要里程。今後，也許停筆，像街上的孤樹般靜觀人生的滄桑；或者繼續在昏燈下寫出更好、更震撼人心的作品。以前，菲華有「王國棟文藝基金會」（由其夫人，亦即散文、小說家陳瓊華女士負責），出版了十多本菲華創作者的詩文集，並舉辦了三屆「菲華王國棟文藝基金會文藝獎」，出版《春華秋實》，同時聘請台灣名詩人評審，及來菲律賓隆重頒發獎狀。該基金會繁榮了菲華文藝，留下十分珍貴的資料，實應給予熱烈的掌聲！在此，容我代表菲華文藝界向王國棟先生（筆名王若。已故），及其夫人陳瓊華女士表達謝意並致敬！

　　最後，我要向生我養我的菲律賓，以及妒我、恨我、疼我、愛我的人，說聲「感恩」。沒有他們，便沒有這二十二本詩集的面世。感恩！

CONTENTS

第二輯　星洲組詩

第四輯　文字化妝品

第五輯　早餐桌上

第六輯　柏木小葫蘆

附錄

第一輯

五更角聲悲壯

月下吹笛

時間　在心上留下許多
傷口。夜裡　掏出來當作
笛子吹

一縷清音　淒美了月下無盡
的
思念

花問

落花問：
幸福
哪裡有？

流水說：
看！
炊煙起了
夕陽下了

母親的話

夜裡。合眼
遙望著銀河岸邊的小木屋
屋內　燈下的老母親　輕聲
說：

願你深入紅塵，歷劫歸來
仍是滿臉英氣
笑聲不斷
恍如
當年

一首小詩

一首詩　飲泣了多少
有故事的人

今夜。這座橋　也讓你通過
歲月　越過陰陽界
去見心中念念不忘的
老母親

伸手撫摸著我的臉

她說：瘦了
又瘦了許多
憂思那麼多幹嘛？

井

心啊
古月下　一口深井

永遠汲不完的思念。以及
憐憫

長頸鹿

縱橫四海
未曾低眉、俯首

卻甘願
化身為長頸鹿
隨時為
妳
低下頭

知否
愛　就是為妳低下頭

夢中遇洛夫

遠遠
聽見礫礫笑聲

雨中獨行的洛夫
停下腳步
說：
菲律賓

錯身而過
不交一語
勝於滔滔的
江水

液化

在畫家的筆下
萬物　都是液化的
時間緩緩地流動

流動的能量
流動的思想……

在液化中平衡了一切

血在流動
連疫情與戰爭也在液化
或會凝固成永恆的藝術品
令人反省　甚至震撼
靈魂

液化的色彩

畫家用筆下液化的色彩
告訴你：萬事萬物都在流動

天災即人禍　人禍即天災
也在不斷地變化
而這一切都會消失
終將成為過去

你憂慮什麼　恐懼什麼
執著什麼
放不下什麼

一支筆

人人都是一支筆
原來，筆最後是用來告別的

不太感傷，也不戀棧什麼

寫了一生，至少也有些美好之
哲思留下。若無，也無所謂
不留惡劣，已是完滿

尊重生命，心中藏著善意
「撫慰世人九百年」，也好
而熄了燈。將筆輕輕擱在一邊
道一聲告別就好……

車外一抹紅
──星期日，探望小孫女歸來。

青山暫遠。車窗外是一抹
依依不捨的紅，一份愉悅的
安靜，無限祝福

愉景，象徵著人間美好……

願它從詩中逐漸渲染開來
宛如畫筆，塗抹著所有受苦
受傷的生命……

四行

峰上一株孤樹
突然放聲大笑：一覽眾山小

高空上　風與雲結伴同行……
萬物皆渺小

祕道

發現一條蜿蜒的山路
小孫女說：也許
通往公主的城堡

詩人笑了：山後
綠水橋平。花香撲鼻
炊煙升起　應是
避秦的桃花源

怡然心會：那裡陽光燦爛
是昇平世界

肯定沒有生物實驗室
啊啊啊！！！

小孫女學電腦

侯門深似海。也不容易進
今天卻可以隨時進入比海深
的電腦世界了

這世界深不可測。一不小心
也可能「綠珠垂淚滴羅裙」

不能不擔心小孫女。也不能
阻擋她學習，一探人生的
真義

唉！只能送她以一朵微笑
以堅毅的眼神，燈塔般照亮
她的路

心醉神馳

酒不酒的
無所謂。主要是
太想妳了
想妳每天的牽掛、不捨
想妳悄然流淚的樣子
想妳在詩人感傷時一遍遍
一遍遍
柔情地呼喚

每次都依稀聽見重洋之外的
輕喚啊

酒不酒的無所謂
主要是這顆心，已為妳而
酩酊大醉
神
馳

紫晶花

心啊
一朵盛開的紫晶花

供奉神明
感恩萬物、蒼生
也獻給今生有緣相遇的
人

紫晶花雖小
卻不感卑微　只在詩中
恆久綻放
美麗

梳子

贈送一把檀香木梳子
梳理頭髮　梳悵愁　也梳
憂思

卻梳不平人間的崎嶇、坎坷

這滿腹的相思
又將如何
如何梳理？

有了梳子。也就有了
關心與牽掛

理不清心緒又
何妨？

給時間

時間給予我的
都一一歸還

贈我一張白紙
題以動人心魄的小詩

兩不相欠
倘若
應該道謝的
那是歲月與宇宙大化
賦予了這顆心　意義

人生雨巷

小雨。一條直路
左右都是牆壁

一邊是名

另一邊是利

不想碰壁
就直直往前走

拐個彎
赫然一座青山
山後
有炊煙
也有良人

提著念珠生煩惱

「近期比較煩。我是一個
提著念珠生煩惱的人」她說

娑婆世界
誰不生煩惱？
誰不愁苦著一張臉？

除非心滅　或者真心懺悔
「心若滅時罪亦亡
心滅罪亡兩俱空……」

無如

眾生安於十惡不肯出離
豈有人真心「懺悔」？

深情的小花

下班了。拖著疲憊的身心
慢慢地往家裡走
這千重山萬重水之外的關懷
與不捨
卻化作沿路的小花
陪妳走回家
陪妳走到海之角天之涯
陪妳走到下一世

願是一路美麗而深情的小花
陪妳
走到時光的盡頭

岷灣一瞥

亟想落日般隱沒。即使
眾海浪以掌聲挽留……

鷗鳥　悠然掠過黃金的海面
說：世界需要你的眼和心

啊啊啊！！！

劍鋒之上的尊嚴

數千年來。人類在鋒利的
刀劍下　在猛烈的砲火之中
沒有和平　也沒有歲月靜好

然而

尊嚴存在於劍鋒之上
真理只在大砲射程之內

至於正義
啊啊！有多少導彈或核武
就有多少正義

一顆心

戰爭一旦發生。靠誰

來幫助？靠誰來保衛江山
和家園？

霍的一聲。你會不會
義無反顧地站起來？

哈哈大笑。長風說：
靠自身的力量
靠你的熱血　靠你的一顆
心

詩壇者，江湖也！

封劍了。公開宣布：今後
江湖上　沒有我這號人物

不過　此山是我開。路過
竹林　仍須留下買路錢

夜觀星象

他們展示了尖端武器
都稱它在世界上沒有

敵手

造物主無言

星光點點
疑是晶瑩的
淚光

祈禱

祈求上蒼
別讓這顆藍色的星球
消失於宇宙

一聲輕嘆：
沒有了政治
也就永遠不會失去它的
蹤跡

情人節快樂

小酌怡情。祝你
七夕情人節快樂

亂世。疫情跟人心一樣
仍在不斷地變異⋯⋯

而政客一趟任性之旅行
或會消失地球於廣袤的天宇

怎能快樂得起來？

還是換上海碗吧
要喝就喝個翻江倒海
喝個爛醉。愛人啊！我只想
只想
醉倒在妳溫暖的懷裡
千年萬年⋯⋯

海面上全是金句

天地線之外
落日　從容下山

閱盡了滄桑
厭倦了紅塵的齷齪

只是
苦海無邊

每一朵浪花都在
呼喊：

這世界需要你的眼和心

七夕情人節

何止七夕，還要朝夕

何止朝夕，還要多世輪迴
直到
時間之盡頭

全因瞬間之擦肩
觸電般的眼神

唉！
人世間那個最好的人
不是等來的
而是修來的

遍地殘葉

正在發生的
預言：
戰爭即將導致末日饑荒

餓殍遍野
宛如　夕照下遍地的殘葉

沒了食物
戰火將更熾烈　互相殺戮
也會變得更加頻繁

今晚。當你端起一碗飯
會不會感到一份簡單的
幸福？

下著小雨

客機上。　窗外下著小雨
地面　跟心情一樣濡濕

每一個人　生來即是乘客
不知道要航行到哪裡？

像一封信　一首詩
不知道寄往何方　寄給
誰？

親愛的。我的目的是
妳溫暖的懷抱。請容許詩人
降落在妳身邊　或者妳的
心中

雲外的憂鬱

站在高樓的頂端
遠眺。只見雲外的憂鬱

憂鬱是藍色的。藏著一顆
仁慈的心　卻改變不了因果

只能一藍到底
藍到天荒地老　藍到令人
感動
流淚

月光淚

月光，流瀉下來
像止不住，止不住的淚水

窗內，剛寫的詩
像一隻，一隻滑行的
扁舟

你站在輕舟之上
身心，已被冰涼的淚水
濺
濕

疫下的砲火

戰爭是
一首浸泡淚水的詩
一曲哭聲唱出的悲歌

卻未必撼動了你的靈魂

星光燦爛

也許
你也有上帝的視角

寬容萬物。相信因果
只是　眼眶閃爍著星光

粉紅色的樹

孤獨是
一把鋒利的刀
剖開心　便是一棵
美麗的
粉紅色的
樹。永遠都不會
枯
它叫做

慈悲

濃縮咖啡

將時間
濃縮在一杯咖啡裡
看裊裊輕煙升起人生的
悲欣

消散於無形的
不只是功名、富貴
以及綿綿的情意

杯子裡的人生之苦
只能默默嚥下
若是化成詩
是否每隻字都沾著一點
香味

問高傲

參不透生命存在於
瞬間變化　以及生死
呼吸間的意義

一支筆感無奈
全然沒有詩千首之
欣喜。更不覺有什麼
偉大

只問：
人品齷齪者
與偉大有什麼關係？
自吹　或人脈廣
與詩與偉大有什麼關係？

沒有來世了

驚鴻般掠過
這　可能是妳生命中最美的
風景

請留意。切勿
錯過

只有今生
沒有來世了

高傲

一塊布
蒙住了雙眼

一片漆黑
你　看不到萬事萬物

解了它。心啊
頓時充滿了感恩
敬畏
自然

月光沙灘

月光柔和
照明了心之沙灘上的
相思
足跡

海潮來了又去
去了又來
依然抹不掉多情的印記

遠方的人啊
它們是否已經抵達
妳的
夢鄉

長風呵呵笑

筆感困惑：
寫詩，究竟是為了什麼？

一陣長風呵呵笑：
浪花一朵朵。宇宙中，誰會
注意這些小浪花的開落
誰在意什麼名什麼利

浪花想開就開了，想美麗
就盡量地美麗吧

歡喜就好！

一瓢清水

心啊

一瓢清水

想回歸大江大海

更想
澆熄戰火

沖洗乾淨這人間

天堂鳥

人間是
地獄。他們欲改造成為
美好的天堂

因而
四處設立了生化實驗室
研究蝙蝠病毒　鼠疫桿菌等
以建造一個適宜於居住
的
安樂天堂

唉唉！願我們都是快樂的
天堂鳥

過山風

對於不屑的人
多說一句　多看一眼皆是
浪費

風　颯颯颯颯
掠過密林
絕非
浪費

孤獨

令人更感性
像當空的月亮照明人間

也讓每一首詩都有厚度

失題

心如明鏡。碎了一地
也要照出世界真實的樣貌

即使有點醜　有點骯髒

天下不醉人

很想
孤身一人仗劍江湖
假如，這只是一個武俠世界

險惡，卻有道義
可以隨遇而安
而且，乘風亦乘酒
做一個天下不醉人

當空的明月也有此意

無如。眼前是什麼世界？
沒有道德，沒有良心
僅有無休止的殺戮……

入暮時分

夕陽跟智慧一樣燦爛
還有什麼比今時更美好？

洞悉了一切。天色也就靜了
沒有喧鬧　只是冰淇淋般

悄悄悄悄地
融
化

一抹晚霞

渲染美化了一片天
晚霞　自有其高度

也不與世間萬物計較
一切　釋然於懷

五更角聲悲壯

燈下。輕輕撫摸著
多年前　從寶島
「五更鼓茶樓」帶回來
的陶器

三十年之間。走了多少人？
消失了多少豪放的笑聲？

又留下了幾首詩？

將它安放在心底
有點沉重　壓得住滿腹的
辛酸

以及歲月的靜好？

悲情五行

哪一棵參天古木
沒有歷經幾場大颱風？

哪一朵淡而又淡的微笑
不藏著寬容　以及人間的
悲情？

父親節的禮物

父親節。兒子想送一對
漂亮的沙皮狗

拒絕了。拒絕了將來的黯然
神傷

人生多別離。此心易碎
負載不了那麼重
的
悲情

（以前養過一條狗狗。至今念念
不忘。牠不會算計，也不會爭名
奪利）

世界之光

是怎樣的心態
才能畫出兒童眼中的
景色

是否歷經了人間的苦難
才更能準確地畫出
一幅幅
純美的
世界之光

破空而去

每一片葉子
都在風中展翼
想飛　飛往大海
飛往天宇
那一望無際的
自由

你也是一片葉子
一心只想掙脫自己的軀體
思想　以及無盡的憂愁
與憐憫

可你掙扎的形象
痛苦的感覺
以及堅強不屈
即是被創造被存在之意義

龐大的憂思

房屋建成了。數十年前
生活在一起的雙親、妹妹
卻都悄然離去了

這偌大的屋子
裝得下長年累積的
懷念否？

裝得下亂世之悵愁
以及如斯龐大
的
憂思否？

時間的沙灘

一首詩
一個沉重的腳印
追趕著什麼似的，向前奔去

筆感沮喪

暴打女性事件
點燃了網民的
怒火

結果如何？

在全球各地
設立生物實驗室。投毒
世界

結果如何？

這支筆感無奈、沮喪
卻哭不出聲來

河邊草

河邊草
聲稱自己是硬骨頭

晚風笑了：
從未見過他彎腰
屈膝

太平洋

小池塘
宣稱自己是大海

一隻蚊子　掠過
竟真以為　飛越了
太
平
洋

微笑

海外。嚴重稿荒的園地
刊載了國內作者的詩文

你微笑

燒香拜祖。稟告作品已經
出口　成為經典

你微笑

若問笑中之深意
你無言
又露出一朵
微笑

框框

她問：
師父　如何鑑定一首
好詩？

喝了一口酒
笑道：
木匠製作了一個
框框　限制住天下
許多
好東西

第二輯

星洲組詩

—— 可媲美地心引力的，是親情引力。今突破全球嚴峻的疫情，重遊星洲，不禁感慨萬千。

客機上

升到白雲的高度
機上的乘客　再也看不清
下界了

是啦
凡是高高在上的
都看不見人間
的
疾苦？

窗外
一片白茫茫
也許　你只能看到自己的
空無

雲海之間

別問
飛機餐好不好吃？

要問　就問
人間餓殍知多少？

機上的咖啡

杯子裡
沒有咖啡　只有濃愁

恍如微笑中　高醇度
的
憂傷

疫下。情意綿綿

一躺下來
三年前躺過的
床　立刻將詩人擁入懷
竟似有久別重逢的喜悅

床啊床
有情如斯　況乎草木

年紀愈大愈感受到
上蒼的恩惠
而人間有情
生活再苦
也就敢於面對了

半夜的星洲

醒來。窗外一片寧謐

沒有紅塵的喧囂
也沒有槍聲、砲聲

人間太平
歲月靜好
赫然　就在目前

藥房

一進入星洲這家內科針灸
藥房　即刻看到一塊牌匾：
仁心仁術

觸目驚心：現在還有這種
醫德？恍若看到高山絕頂的
雪蓮

走遍千島之國　皆未發現
醫德如斯者。　今日有緣一見
怎能不驚喜、　感動？

願天下到處都有雪蓮　而且
隨手可以採擷

星洲肉骨茶

不吃肉骨茶　哪算來到星洲
宛如不看岷灣落日　並沒有
來到浪漫的椰島

多來幾碗吧。補回三年疫情
的肆虐　而未能暢遊獅城
的
遺憾

人生無憾最是舒心愉悅！

八八父親節

今突破全球嚴峻的
疫情　重遊星洲。我自己
即是女兒的禮物

她嘴角的微笑。也是送給
父親
最好最欣慰
的
禮物

植物園

倘若今生
只是來遊園、看花
時不時聞一聞花香
該有多好！

繁花也競艷
只是，它們沒有妒心
不會互相排擠，甚至互相
殺戮

這世界
若是一個和平而靜謐
展現了春景的香甜，如斯
美好之植物園
該有多好！

動物園之一

飛越千山萬水。揭開面具
讓大小動物細看：人的慈容
和大體同悲之心

不必對每個人都露出
怯怯
戒備的
眼神

動物園之二

重來動物園
前次與今次之間
相隔十年

其間發生了幾場大戰爭？
喪失多少來不及看清世界的
生靈？

動物們都無恙吧
這裡有毒蛇

也有凶惡的猛虎、獅豹
唯獨沒有咬牙切齒的政客

是啦
牠們都不會點燃戰火

聖淘沙的黑咖啡

日子啊
一杯黑咖啡

苦澀　卻不難喝
喝著喝著
憂喜的　悲欣的
往事
也就一一浮現在杯中了

疫情三年
每個人都有故事
而杯子裡的黑咖啡
都耐品味

胡姬花飄香

國慶日
胡姬花都露出笑容
每一片陽光　皆喜氣洋洋

宛如吾心　今日會見了老友
一直笑聲飛揚……

時光倒流。回到數十年前
好漢們都英氣勃勃　筆下
無不奮馳著一隻快馬的
年代……

爾今　時光老了
老就老了　那又如何？！
只要友情恆在　笑聲不停
心頭的胡姬花芬芳開
萬代不朽就好[1]！

---

[1] 今天是新加坡國慶日，與詩友郭永秀、寒川、林也、伍木等人在國家圖書館樓下的咖啡廳見面，相談甚歡。心中甚感欣慰，特以詩誌之。

背影

背影。是母女
抑或是姊妹花？

其實不必深究
兩人都從畫中走下來
此刻，漫步於人生之旅
的
途中

詩是
她倆沿途的風景人
共同的話題則是美，善
與真

大瀑布

轟轟隆隆
內心的瀑布
從未停止翻滾
俯衝，一瀉
何只千
里

出口是筆尖
每一滴　皆是
詩
皆是沖洗人間
的

心血

懷好友夏默²
——獅城吃螃蟹有感

知友夏默臨終前數天
說：喜歡吃螃蟹

也就一起去吃了。宛若
小孩子吃冰淇淋　愈吃愈
高興

不問病情。更不問
君有幾多愁？只吃個痛快
再去海邊看夕陽　看它如何
融解如冰淇淋　如一場燦爛

2　夏默，本名林晉榮。善於寫散文、小說及翻譯。素有「菲華第一筆」之稱。著有
　　《夏默文選》（和權杜序）。

的
人生

恍若人生

夜景迷人。宛似一首小詩
卻未能震撼靈魂之深處

若是沒有黑暗墊底
也就顯不出月亮的淒涼之
美

海底撈
──品嚐星洲「海底撈」有感

都說人生是苦海。卻熱衷於
在茫茫大海中撈名、撈利

什麼也不撈。吾人只想
駕一葉扁舟　與清風明月
為伴。像身背長劍的曉星塵
先生一樣　隱沒於霧中

一聲長嘯　是對世界最後的
道別？

白老虎

占據了小小的人工
山水。白老虎　凶猛的
模樣　不輸於掌權仗勢者

威風八面又如何？
還不是靠人餵食　才能
存活的畜牲。而幾聲虎嘯
也只是刷一刷存在感罷了

白老虎幾近滅種了
假虎卻愈來愈多。之所以
世局動盪
人心
不安啊

七行
──參觀新加坡「洛夫詩書影像展」有感

整個世界使你沉默
不是無語。　而是化成了
淚

吞進肚子裡。或者
化成震撼人心的詩　以及
傲骨嶙峋的
書法

午餐：三盅兩件

三年前吃過的菜餚：
潮州橄欖飯
傳統足料靚煲湯
阿婆番薯葉
三水薑茸雞

有久別重逢的喜悅
有許多辛酸的故事
有悵愁　有噓唏　也有
懷念

五味雜陳。這些菜餚
全非當年的味道了

私房菜

女兒說　這是訂了三個月
才訂到的餐廳：
「三叔公私房菜」

美酒　自帶

那就試試吧。天下多是虛張
聲勢者　連詩文壇也不例外

試了
香煎蠔、鹵水鵝翼
白蘆筍付皮皇、鹵水豆腐
香煎西班牙黑豬柳
鮑汁醬燒豬婆參等等……

好吃就是好吃！不過
還是不如媽媽煮的麵線
夜裡放在桌子上，等我回家
那個味道
終生難忘

直視滄桑

——星洲理髮有感

敢於直視鏡中的
白髮　也就敢於直視
人間疾苦

滿頭月光
或可照亮黑暗的
角落
也可以蒼茫於
雲海

打破宇宙秩序

在千年一遇的疫災
和不熄的戰火中　看到哀鴻
遍野　種種社會現實的因果

宇宙的秩序即是
因果。也許
造物者本身已超越了它
甚至打破了宇宙秩序

之所以無視於人間疾苦？
恍若世人之無視於貧窮飢餓

亞坤咖啡

飯後，喝個新加坡亞坤咖啡
竟喝出許多先人遠渡重洋
謀生的艱辛　以及辛酸淚

咖啡，何止是一杯咖啡？

膨脹的人心
──星洲詩友感嘆物價上漲，有感

總是說看不透人心
吾人卻看得一清二楚

也不過跟物價的飛漲一樣
一顆心　天天在變　天天
在漲　甚至漲得比太陽還要
大

是以戰火不熄

疫災　至今未能
撲滅

闖蕩江湖
──與新加坡詩友談詩文壇，有感

武俠世界。有所謂的
「八大門派」　詩文壇也如是

詩文壇即江湖　江湖即詩壇
恍如疫災即人禍　人禍即
疫災

江湖險惡。不是隨便什麼人
都可以闖蕩的。必須練就
一身好功夫　才可以嘯傲
江湖

閣下敢否？！

獅城風情

夜幕低垂。看到的是

烏節路的五光十色　一片
繁華景象

看不到的是心中的煩憂

憂物價飛漲
憂愛情憂房貸
憂年華老去
也憂疫情不退　全球暖化
及遠方的戰爭頻乃

獅城的月亮又圓又大
照著烏節路　也照著濱海灣
迷人的夜景

洗臉

洗去疲憊。卻洗不掉
對人間齟齪的厭倦

歲月的痕跡
愈洗愈加明顯

就是未能洗去眼中流露的
星光般燦亮

的
憐憫

燦笑

餐廳裡。有位小姐
歡聲叫道：
我在新加坡！

沒有綁架　沒有貪污
沒人拐賣兒童、婦女
更沒人在公共場合虐打
小姑娘

抬望眼。只見餐廳裡
每一朵馨香美麗的
蘭花　都在燦笑：

啊啊　！我在新加坡！

破碎

「看起來完整。每個人都在

看不到的地方，破碎！」她說

親愛的。當妳的心鏡子般
嘩啦嘩啦，碎了一地……
我的心也有了裂痕，隨時隨地
都會陪妳破碎

請保持心之完整。即使
在沒人看到的地方，也要
為了思念妳的人而堅持到底
絕不
破碎

尋春

尋春何必到天涯
樹　身上的小花即是

宇宙無限大
佛　究竟在哪裡？

沒有佛　也沒有神

覺性即是佛
只存在於一顆撞跳的

醒悟的
心

原味福建菜

出生於千島之國。祖先
雖來自福建，吾人卻從未
踏足故鄉永寧

今日，在星洲吃道地的
福建菜，心中卻思念著生我
育我的菲律賓

疫災，仍在持續肆虐。餓殍
遍野，甚至有人在半夜裡
餓醒

暈黃的燈光問：福建菜如何？
默默無語，即是答案

排長龍的咖啡店

據說咖啡非常香醇濃郁

價格昂貴。而坐在那裡
自有一種高貴感　恰似穿上
名牌服飾　頓時變了一個人

吾人還是偏愛亞坤咖啡
雖然沒有高貴典雅的感覺
杯中　卻有生活的味道
也有先人流浪海外的血淚史

疫下。來一趟獅城不容易
還是多喝幾杯亞坤咖啡吧
管他什麼高貴不高貴

千両 sen-ryo Singapore

滿桌佳餚。魚、蝦、海膽等
都跟憂思一樣肥美

享用美食的人感到幸福
憂思　則令人品嚐到
人間
真味

饕餮客。請來詩中好好地
咀嚼
人生

拍照之一

舉起了手機。那人
叫道：Smile

笑中何止有生之悲滄？

拍照之二

歷經了人間苦難　才有
脫下口罩時
嘴角　似有似無的
笑

一縷光

「你最愛的人

教會了你什麼？」
伊人這樣寫

沉思良久
突然，舉筆如舉劍
刺向
夜空

光
自天外天瀉了下來

手機。手帕
——星洲看小米手機有感

有人說：來生
願做妳的手機　時刻
不離

詩人卻只想做妳的手帕

傷心時
輕輕拭去妳的
眼淚

欣喜時

用它捂著嘴
嬌態
畢露

又見炒福建蝦麵

三年不見。今日重逢
味蕾有認出前世情人的
驚喜

疫災嚴峻。無常窺伺在傍
誰知道明天是否還能安坐於
黃昏的海邊
看落日
喝著咖啡？

況乎星洲大食代「福建蝦麵」
況乎心心念念的
情人

獅城早餐

麵包　即是天下第一美食

一杯咖啡　堪比玉液酒

親情在　愛情在　友情在

星洲家中的詩集

若問生命的重量

那廿一冊詩集
即是吾人一生的
重量。堪比一片落葉
抑或是一座大山
由歲月決定

一顆善心。滿懷感恩皆在
詩中

重量不重量無所謂
主要是　曾努力愛過
以及

憤怒過！

抄經

收攝心念。筆下
每一字都凝重、虔誠

沒有滿紙的浪花
但見菩提心　蓮花遍地生

早安，新加坡

推開窗門
陽光特別明媚、燦爛

有親情的地方
就是不一樣。連雀鳥的
啁啾　也透著喜氣

你說吧
人世間還有什麼比親情友情
和愛情　更重要

若是無情　陽光也會失去
它的
溫暖

游泳池

浮沉了一生
也不知道自己的自由式
是否
正確？

爾今　站在池邊
靜觀池中人
於名與利之間　游來
游去。不禁
在一陣大笑聲中
離去

紅顏白骨
——美人顏如玉，何忍白骨哀（出自九盡春回）

若果世界是
溫柔婉約的女子

將來離去之後
心湖中
是否映照著伊人的淺笑
嫣然

也許
仍然映照著美人　恍如
映照著
一輪明月

或者僅僅映照著紅顏白骨？

佳餚巡禮

原來無所事事　遊山
玩水　及佳餚美饌也會
令人心慌

憂思像是蒼蠅般揮之不去

知否？知否？
島國染疫人數比物價的攀升
快　而唐人街恍若秋景
一片蕭條……

怎能不心慌？
又如何玩得開心
盡興？

幾家歡樂幾家愁

中秋佳節臨近。時光
比呼嘯的導彈快

飢餓人口的日子卻很慢
比蠕動的蝸牛慢

新加坡財富噴泉

「寫了那麼多的詩
靈感來自何處？」她問

哈哈大笑。我說：
看！fountain of wealth
這噴泉噴了數十年
至今
仍在噴個不停

它　就在心頭。永不枯竭的
憐憫

幽蘭

在風中搖曳
蘭花　笑媚　笑低俗
也笑賤骨頭。卻從來
不笑
清寒

說：
歲月在心
不在三寸不爛之舌

歲月　也不敗人尊嚴

人生賭場

不必踏入賭場
你　早已坐在裡面了

要賭就賭大的

今生全押在善良上
雖然輸了一些
金錢　一些真情

卻也贏得幾首
好詩

不亦快哉！

寥寥七行
——濱海灣看花，有感

這世界留不住你
猶如留也留不住的歲月

憧憬或希望　恆在
那是廣袤的土地。　支持了
所有
美麗花朵的
馨香

仙境

入晚了。一對情人
在人工湖上泛舟

去遠了。也許渡往唐宋

或者美麗的桃花源

要不然　就是泛往妳的
夢中。沒有戰爭、疫災之
仙境

Hawker

晨早。去Hawker買粥
恍如早年跟媽媽去菜市場
買菜

媽媽啊！您在哪裡？
誰來為我飢餓的靈魂
煮一碗熱騰騰
的

粥

給新加坡時間

時光啊。你要慢慢走
不是趕去投胎　那麼急

幹嘛？

詩人
心中還有話要說
筆尖下　尚有
滔滔的江水要
流

才來幾天。不要那麼急
那麼急地趕
路

啊啊啊！！！

星洲賭場

高樓的頂端
是一艘乘風破浪的大船[3]

一輪圓月
說：船上載有許多人的
美夢。也有你
大庇天下寒士之夢

---

[3]　新加坡賭場，高樓的頂端有一艘大石船。

濱海灣的小花

窮得只剩下美色了
展覽區　一朵小紅花嘆息

微風說：你是幾片薄薄的
花瓣嗎？還是留也留不住
的
顏色？

花啊花，其實
妳窮得什麼都沒有
跟眼前的詩人一樣　除了詩
什麼都沒有

高樓林立

望著窗外那麼多巍峨的高樓
心中卻想到千島之國　鋅片
搭建的小屋

也想起夜裡　睡在街角暗處
的大人、小孩

疫情　究竟是
拉長或縮短了貧富之
差距？

星洲望月

假如　你是當空的明月
身處那樣的高度　還會與
世俗眾生爭執什麼？

啊啊　這顆心似在發光發亮

一碗米粉

一彎新月
也能遍照九州

一碗青菜米粉湯
什麼時候才能分享
天下
饑腸

人人盡歡顏？

歧視的巨輪

商場有巨幅廣告照片：
各種體型的婦人
穿上同一款式的緊身衣服

意思是說「沒有歧視」

何以白
歧視黑　歧視赤
也歧視黃？

何以歧視的巨輪
至今仍在運轉不停？

雪山，太矮了
──ION星巴克喝咖啡，得詩一首

84 歲老太太騎行
5000 km 進藏，撂下
一句話：真掃興！
雪山只有 5130 米，太矮了！

不是山矮。而是人心愈來愈

高。幾乎超越了悠悠的白雲

蒼天卻說：沒有什麼高下
眾生平等。對萬事萬物
也只有無限的包容

世上有多少渺視雪山者？

又來吃福建菜

歸期愈近
飯菜愈香
只是　都品嚐出淡淡的
感傷

哈！餘生有涯
已然了無
遺憾

趁未走之前
多吃一口吧

魚尾獅

嘩啦嘩啦
魚尾獅　訴說個不停

訴說疫情三年
病毒仍在變異、擴散
訴說疫下的死亡率
已遠遠超過二戰時期的
喪生人數

唉！
也訴說遠方的戰爭尚未停止
而核爆
或將結束一切

Orchard 點心

星巴克咖啡
添好運馬來糕

堪稱絕配
恍若異國通婚生下
的

世界小姐

味覺直叫：好！

臨別。聽雨

夜來風雨聲。僅是
情緒　無關落花
也無關智慧
與慈悲

卻怎麼流下了兩行清淚？

胡姬花

今日一別。不知道何時
再來探望魚尾獅？恍如
人間的戰火　未知什麼時候
熄滅

感恩旅遊之間
一道道美麗的風景
所有遇見的人、事、物

思念或將胡姬花般不停地
飄香。夜深人靜之時
如果　妳聞到了一陣撲鼻
的
花香

親愛的
那是我濃郁的思念

豐盛的晚餐

晚餐：
從小販小食中心
購買回來的豐盛美食

真相即假象　假象即真相
顛倒之　今晚的晚餐即是
下次的聚餐

敢問：翻開一部人類史
究竟有多少真相
多少
假象？

樟宜機場

返菲之前，女兒不說什麼
傷感的話。只回首一笑：
再見了，啊詩人

哈哈大笑。老爸心裡的話
全在笑聲中　不！眼中閃爍
的
星光

微風吹蘭杜

星洲啊
吐艷的蘭花

生枝於心頭
一陣思念的微風吹
夢裡夢外　皆是淡淡
的
幽香

不管去到哪裡
都會想起它。想起我的
小女兒

時間的腳步

——今次來星洲十二天，眨眼
就過了。機場送別有點感傷。
惟，得詩七十一首，稍感安慰。

每一刻
都是跨出的一大步

步向
人生之旅的終點

越過了終點
又是另一趟旅行之開始？

留也留不住的腳步啊
急匆匆
攜帶詩人
往哪裡去？

去留皆非吾人之所願！

第三輯

為歲月負責

高處不勝寒

石縫中掙出小紅花。兀自
飄香。引起了河邊草的不悅

小花笑了：層次不同

大時代
——國破山河在，城春草木深（杜甫）

歷代多少詩人墨客哀戰爭
悲世亂。無如延至今時
戰火依然紛飛
仍舊蹂躪著江山　摧殘著
性命

除了寫詩表達內心的憤慨
之外　也可以貢獻一己之力
保家衛國。打造
人間天堂

別老是在詩中嘆息如落花
也別再唱著靡靡之音
崇拜著娘腔的影星

或歌星

含淚奮起吧
做一條硬漢
提起你心中的大關刀
迎風
挺立

筆

一枚枯葉
不只收藏著春天

一支筆
何只藏著穹蒼白雲

筆感難過
──人生處處是別離（豐子愷）

一支筆發現自己很難受
因為寫下的多是人生的不幸

它想哭。卻哭不出聲來
處處是美景　　卻只能寫傷悲

她哀傷地唱著

「如果還有什麼值得逗留
我想應該是你愛過我」

像一陣和風　　憐惜地吹拂
輕撫著妳的長髮。的確全心
全意地愛過妳

只是　　跟妳一樣不知道明日
又將去到哪裡

即使如此。也不必哀傷
因為秋風與落葉的相遇、相愛
以及纏綿　　並非容易

親愛的。離去時。請心懷感恩

斗室

從鏽蝕嚴重的鐵門上
尋找光陰的蹤跡
從一張破舊的搖椅
追尋老人家往昔的笑容

今晚
你在記憶的斗室裡讀著
歲月的滄桑
以及人生的無常

你渴盼得到些安慰。月光
卻積雪般冷冷冷冷地
鋪滿一地

一斤苦惱

三年了。疫下閱報
心情都比一斤礦石沉重

至於憂思
那就不止幾斤重了

一夜苦雨

流的是何人的淚水？
花草都彎腰躬躬
奠，倒在血泊中的英雄

（英雄，常被「意外」死亡）

跟母親說話

深夜。一盞燈
照著書房的寂靜

寂靜。以懷念
對母親訴說了滿腹的
委屈

母親聽見了
以柔和的月色
撫摸我的頭
一遍遍
一遍遍

情人節的玫瑰

多年前
送妳一束玫瑰
今日　手上猶有
餘香

去年
送妳一束玫瑰花
或將留香至
來世

今天
還是贈妳一束鮮艷的
玫瑰。啊！心上的人兒
永不凋謝

月亮啊！碩大的淚

心火旺
自古代延燒到現在

只渴盼
天際那顆忍了數千年的

碩大的淚
不小心
掉了下來
迅速撲滅人間的戰
火

燈影來相扶

聲名財富笑談中
不如一罈烈酒

酒中，有放肆的豪笑
和大哭。還有媲美月娘
的
紅顏

今晚
醉了有燈影來
扶

跌入夢中

夢是空山

走著走著
也就迷失了
前有峭壁
後有森林
遠遠傳來一聲虎嘯
一驚而
醒

又跌入另一個夢

藥珀[4]。藥珀

不要浮名
只想化身為石

寧願做一塊藥珀
療癒疫下世人受傷的
心

寧願是藥珀吊墜上的
千手觀音
默默庇護著已出生與未出生
的

---

[4] 藥珀又名藥草香,具有藥草香味,是一種有機寶石。具藥用功能,也是一道護
身符。

眾生

寧願把浮名換了。換了換了……

人脈

詩人嘆息如落葉：
寫了多年，就是
沒人聞問，遑論什麼
出版詩集了

晚風
笑了：
做生意
也需要人脈啊

八行

總是低著頭
稻穗說：因為成熟
所以
低頭

聽懂了嗎？你
昂首
挺胸的
詩人

父親節

父親憂戚而憔悴的
面容　在腦海中一閃
而過

貧困、病痛折磨了他一生

我以詩以美、善
及滿懷的柔情
報答
上蒼

問上蒼

唐山燒烤店啊
一部充斥著暴力的
人類史。一打開來

即瀉出幾聲淒厲、無助的
哀號

透過歷史看人性
恍若用顯微鏡看變異的
病毒。愈看
愈是
心生恐懼

造物主啊
祢所做的祢是否知道？

淚　不答應

重拳
擊出小女人終身的殘廢
以及永生的痛苦

之後
竟想用一筆錢去和解

與公理和解？
與正義和解？
與一己的獸性和解？
抑或是與眾多滴血的心

和解？

也許
什麼都可以和解
除了夜空那顆碩大的
淚

素雅的花

詩是
畫面上素雅的花

意境好
富象徵性

有故事的人會感到欣慰
微笑
面對人間一切的
不幸

菊花石

石頭無言

勝過滔滔江水般的情話

只悄悄開花　默默傳情

王城鏽蝕的大砲

「啞默無聲
是我終生的願望」

海風透露
曾聽見砲口這樣說

餘香

燃一炷香。沉澱思緒
為瘟疫的世界寫一首詩

哀傷
恍如附在詩中淡淡的香味

盆栽

風吹雨打。望著
陽台上的盆栽　心生悵愁

沒有憂傷　沒有牽掛
也能寫好人生這首詩？

礁石

海水退了
夕陽下
露出巨大的
礁石

父親啊
那是我心底的
思念

火山爆發

新冠溯源調查

查不到什麼「驚人內容」

噴發的火山大笑：
循著人心查下去吧

查到了
又如何？

鐘聲，撞開了姹紫嫣紅

「詩歌不是用來比賽的
它只是我們在寒冷時
用來取暖的柴草。」她低眉

小溪說：
親愛的。也不是用來
登上高峰，用來占據一席
之地的。更不是用來曲意
奉承的

旭日笑了：
它是遠山的鐘聲
撞開了一朵朵姹紫
嫣紅

荒山古寺

你來了。受創的人
獨自在寺中療傷止痛

你走了。佛陀似笑非笑地
相送

當你在十丈紅塵中
聽到似有似無的鐘聲

黎明

天，一大早就翻出白眼
人類所想所做的
都知道嗎？

一則廣告 Life is short-relax and enjoy every moment

苦難再大
也不能時刻哭喪著臉

最多　像牲畜一樣
臨宰殺時才哀叫幾聲

玉雕的觀音　從不流淚
除了微笑　仍是似有似無地
笑

謹記賣搖椅的廣告：
生命短促。一切從容面對
先放鬆心情　好好地享受你的
時刻

長巷的盡頭

沿著記憶的長巷
一直走。會找到童年
或者青春年少嗎？
會不會找到媽媽的一聲
呼喚？

下著小雨。石板路微濕
恍如濡濕的心情

即使找到了舊居
推門進去，也是空無一人了

連愛笑的妹妹
也不見了縱影

僅留下一屋子淒清
以及滿腹
的
悵愁

無助的眼神

戰火下
小老百姓滿臉驚恐

援助終於到來了：
子彈　砲彈　導彈

泣鬼神的回應

全世界都在呼籲和平
砲彈與導彈　予以回應
戰艦與轟炸機　予以回應

唯獨核彈　尚在反覆思考

砲轟新冠

疫情愈嚴峻　戰火愈
猛烈。砲口全指向同類

淚眼
別問日子安然　江山無恙

讀雲

天藍藍。只顧在溪中
顧盼自雄　無視人間悲苦

數千年的災難　唯有含淚的
雲　知道

壁鐘

舊友見面。互相注視
齊聲叫道：一點也沒變
壁鐘一邊笑　一邊滴答滴答地
走

哭與笑

有一種沉默　叫大笑
笑天笑地笑人心千噚深

它也叫做大哭。哭數千年的
宗教戰爭、侵略戰爭⋯⋯

深度

遇到對的人
才會撒嬌

恍如遇到真正懂詩的
人　才會顯示深度

五條魚

端出一盤菜。五條魚
整整齊齊　猶如要去從軍

未知有沒有吻別妻子、兒女
是否答應了「一定歸來」？

無情之深處

三千煙雲流去。　歲月
比瘟疫、戰火無情

用血淚寫詩。即是在無情之
深處，活出人間的至情至性

溫馨的家

出版一本詩集
讓流浪的歲月有一個
棲息地

溫馨就好。不必華麗

廁所文學：九行之一

請保持清潔！

廁所裡貼著告示：
先生　你的激射有所幫助
請靠近一點；它比你想像的
短

是啊！恍如編者
以為自己的詩觀
放諸四海
皆準

廁所文學：轟炸之二

廁所裡貼著告示：
請坐好
女士　為了一場精彩的
演出

一場大水災
或者　一次導彈的
轟炸

皆是為了世界
和平

廁所文學：舒適之三

廁所裡張貼的告示：
真正的人生
從你離開舒適的環境開始

離開之後
請勇於面對生活的痛苦
現實的磨難。以及疫情的
變異、嗆鼻的硝煙……

廁所啊！
可不可以待在這裡
永不
離開？

廁所文學：核彈之四

旅行。曾在廁所裡
見過這樣的標語：

往前一步
文明一大步

這一大步啊
應該不致於
引來砲彈、導彈
及
核彈

廁所文學：衛生之五

廁所裡的標語：
衛生與健康
全在閣下手中

海洋、空氣或環境的清潔
是否　也在萬物之靈
的
手中？

答案啊
答案全在風中
雨中

廁所文學：長度之六

告示牌：
手握的長度
即是你未來的
前途

敢問：堪比馬長
人生之路
怎會如斯坎坷
難行？

窮得只剩下三兩首詩

廁所文學：匆匆離去之七

標語：
我寧願磨損
也不願匆忙離開

宛如我寧願飽受現實
的折磨　寧願每天承受
思念的痛苦　也不願匆忙
離去

宇宙茫茫　無限深邃
何處是我的棲身之處？

笑看世事險人心

疫災跟妒心一樣天長
地久？

除了製造「滅活疫苗」外
恐怕也只能老友般　與之
長期
共存了

被貶至蠻荒之地
蘇東坡照樣吃得下　睡得
安穩。照樣可以仰天大笑

只是笑中有淚罷了[5]！

---

[5]　鄙陋者妒心重，耍手段，爭名奪權，搞破壞，甚至，到處點燃戰火。比疫情更加
　　　可怕。請慎防之！

詩的殿堂

寫著寫著
時光　也就老了

老了又如何？苟活下去
又怎樣？

也許　燈光會來相扶
身影會覺得尷尬
惟　這支筆永不佝僂
永遠直來
直去

一步一腳印。走入詩的
殿堂

漫步河邊看夕陽
──贈佳人

「遠眺天涯處
暮靄沉沉是故鄉」
伊人滿臉霞光　笑著說

天外天　是妳的來處
歸去時　請忘了人間的苦惱
忘了誓言　忘了相逢時的
欣喜。　以及別離時的柔腸
寸斷

拭掉妳的眼淚。歸返故鄉時
別忘了回首一笑　而夢裡
夢外　詩人都會心醉
神馳

有感

湊近一朵花。是為了
細看它的美　並聞香？

錯了！錯到北極去啦

一顆妒心啊
滿地
狼藉

燈火。白鴿

坐在餐廳裡喝咖啡
抬頭　望見一盞盞燈火
和飛翔的紙鴿

不就是寧靜夜晚的萬家
燈火。啊！溫暖的家　還有
象徵和平的鴿子……

令人浮想聯翩。幾乎療癒了
滿腹
憂傷

瀟灑

該來就來　該去就去
月亮　何等的瀟灑

即使有淚。在草葉上留下
點點
憐憫

心中的月亮

看透了一個人。澈底明白了
什麼是齷齪

拉黑吧。當空的明月
不再浪費情緒

醫院。喝咖啡有感

晨早。一杯咖啡
喚醒了生之欣喜　以及
詩思

也許
就此香醇了幾首
小詩
和

悲欣交集的歲月

醫院人生

既來之。則安之
醫院裡　不外乎是貪、嗔、痴
以及生、老、病、死

也只能
以淡然的微笑
面對或超越一切的
安排

沉默
是最好的抗議

聽診

放下聽筒
醫生問：
咳嗽嗎？
胸中　似有漲
氣

微微笑著
暗忖：那是一團

相思

也可能是憂思天下！

伊人傳訊

「醫生怎麼說？」
伊人傳訊

唉！醫生
沉吟良久　表示：
一定要你那遠方的
伊人　多給予
關心、愛與無限
的
憐惜

「會的！會的！
我會的！」

張大的嘴巴

步出醫院。佳人般

回首一望　打開的大門
恍如張大的嘴巴
說：來喲！來喲！

竟然
沒來由想起一句話：
「衙門八字開
有理無錢免進來」

身上沒錢
還進什麼醫院？

啊啊啊！！！

為情所困

風問：要是不為情所困
不為生活煩惱。人間多好！

雨答：如斯快活　那就
不必來這一趟人間了

是啊！
沒了滿地的蒜皮雞毛　沒了
夜雨般的相思淚

人生之旅有啥意義？

不痛不癢地活著
不如
不活

聆聽

海洋
表達了情意綿綿

陽光
啟示著心中的溫暖

山岳
提醒你崇高和尊嚴

至於廣袤的宇宙
它　只是默默傳遞著無限
的
包容

降下半旗

也不迎風飄揚
也不啪啪作響

這心中
降下了半旗
悼念
染疫而遽然離去的人
默哀遠方戰爭中倒下的
戰士

並渴盼
江山無恙
人間太平

比薩斜塔

愈來愈不想
正眼　看世界

也許應該跟斜塔一樣
斜著眼睛
看導彈　如何

把繁榮炸成廢墟
看核彈　如何把這顆藍色的
星球
炸回石器時代

鐵蹄翻飛

筆下是
鐵蹄濺浪的詩思
豈容他人
以詩觀的繩索牢牢地
套住

偶也飛天
更多的時候是
接地氣
奔馳在綠油油的
大草原

仰天長嘶。不亦快哉！

孤獨的演奏者

商場。人來人往
手提琴的演奏者　似乎
沉醉於自己拉出的美妙
琴音

管他有人無人駐足聆聽

恍若看到了寫詩半世紀的
自己。不感什麼千古的寂寞
孤單

只覺得琴音與詩歌一樣令人
心醉
不已

筆。手機

筆，既是照像機
更照出人物或景物的
精神狀態

何止是挑動靈魂深處之弦

寥寥二行

回首
千年。詩　竟然驚艷如斯

禁止微笑

小孫女說：
女模走秀時
臉無表情
禁止
微笑

一愕。詩人公公
問：那我不是天天
天天在
走秀嗎？

蝴蝶

走在人生之花園裡
要時刻臉帶微笑

迎接燦爛的陽光

一顆心
更要像翩翩飛舞的
蝴蝶。舞出活力、美麗
和
快樂

眺望

站在枝上眺望了一生
葉子說：千年的戰火仍在
燃燒

飄墜的時候
輕聲嘆息：
人間的苦難
何時了？

細水潺潺
天長
地久

浪花

一顆心啊
低頭吃草的綿羊

只有筆
知道　它始終是桀驁不馴的
野馬

厭惡韁繩
喜歡在飛奔中激起蹄下
的
浪花

石頭壓在心上

又聞一位老友離去
哀傷　石頭般壓在心上

他日詩人歸去
願像一陣晚風拂過
不驚動
一草一木

若是
做過有虧良心之事
或會有人上墳
撒尿

好人。好詩
千年後仍有人感念

厭世臉

小孫女不知從何得知：
女模走秀時　臉上毫無表情
不露笑意。這叫做「厭世臉」

詩友問：為何小仙女
最近的照片　都沒笑笑？

因為她開始厭世啦

厭惡大人的謊言、虛偽做作
厭惡狗狗互相嫉妒、撕咬
也厭惡蛋糕分配得
不公平

此外　她將來想做女模！

有感十三行

古代官場。常有奸人篡權
排除異己　而一部《水滸傳》
揭露的是　逼上梁山之事

有時候想想。在這詩文壇
恍如置身於古代官場。何止
有暗箭……

伊人說：莫以詩文惹禍！

從不惹禍。只想好好地讀書
寫詩。即使被莫名其妙地
戴上一項「紅帽子」。也
不吭聲

妒心啊妒心
教人如何防之？敬而遠之？

溫馨的家

出版一本詩集
讓流浪的歲月有一個

棲息地

溫馨就好。不必華麗

思念故人
——給雲鶴、夏默、林泉

推窗
望向浩瀚的星空

春秋時期的孔子
說：有朋自遠方來
不亦樂乎

你期待故人來訪嗎？

可以講話的人　推心
置腹的人　同層次的人
從古代笑到現在的
良朋　何其少啊

你渴盼的是　還能詩酒共歡
笑到
天亮吧

夜讀《水滸傳》之一

燈下讀《水滸》。未見忠義
只見心機重，算計深之
小人。以及清修之地廟宇
的黑暗

恍如險惡的江湖。也像
置身於「詩文壇」

金庸筆下的君子劍「岳不群」
到處都是。未知如何是好？
如何
是好？

夜讀《水滸傳》之二

《水滸傳》揭露的
是一個非常黑暗的人間

人性跟廟堂一樣黑暗
白道　竟然比黑道還要黑

讀罷　並不掩卷而嘆。只是

閉上眼睛　聆聽一顆心的
撞跳

相信　施耐庵先生
曾穿越時空　看到了現代
社會或詩文壇的情景
而在筆下反映了出來

他刻畫的，不只是古代啊

廁所文學：洗手

洗不洗手
是我家的事

地球骯髒與否
是
你家的
事

為歲月負責

高溫天氣　戰禍不斷

水災頻繁　火山爆發
物價騰漲　失業大軍擴充
疫情　也一再地變異

當空的明月問：
誰來負責？

啊啊
我只管種春天　養鳥鳴
還有讀書、寫詩

我只管
寫好詩　為歲月負責

第四輯

文字化妝品

有感八行

詩　也可以寫得
跟幽蘭或氣質美女一樣
令人
心動不已

不必表露憂思
自有感人
的
韻味

有感九行

詩　窮得只剩下技巧
而技巧　即是「詩」嗎？

生活。　只剩下名利的爭奪
敢問：活著即是
排除異己或篡權上位嗎？

你繼續寫詩。尋求技巧以外
感人肺腑的詩情、詩意

以及詩境

也繼續呼吸。尋求「無愧於心」

彩虹

下雨時
期待彩虹
黑夜裡　遙望
星星

疫情擴散。戰火不熄
那就含淚　微笑地
祈求
人間太平
歲月靜美

曇花

獨坐窗前。晚風輕拂
問：是否為人性的齷齪
憔悴了心？

沉吟良久。才露出曇花般
的微笑：

憔悴是枯萎的過程
豈有恆久綻放馨香的
心？

一窟鬼

金庸筆下有西山一窟鬼
多是豪傑，不害人。吾人
身在江湖，亦即「詩文壇」
同樣有一窟鬼，卻多是冷血
動物

君不見刀光劍影，爭戰不休

真想練得「降龍十八掌」
——解決了笑臉鬼、催命鬼
與煞神鬼、貪污鬼……
讓江湖平靜下來

無如，天下哪有什麼神掌？！

九月你好

落葉
只是為了親吻大地

一個輕吻啊　滿懷
感恩

歲月靜好

天地有陰陽
太極分兩儀

有人間地獄
必有
天堂

有轟炸的導彈
就有民舍化為廢墟
就有一批批逃離家園的
難民

也必有太平之日子

只是
生命短暫。未必
看得到

低眉

晨起唸佛。正能量
也就隨著陽光透進窗來

佛陀般的寬容、憐憫
似有似無地掛在嘴邊
藉此
面對人間的無常
與
苦難

佛在心中。低眉垂眼

文字化妝品

從詩中可以看出人品
多讀幾首，也就洞悉了
一切

沒有文字化妝品。只有
詩的
顯微鏡

再完美的偽裝
也可以在詩中看出破綻

即使
開口閉口慈悲、善良
自稱身帶星月般的「光明」
也沒有用

偶感

詩是過濾器。濾掉亂世的
驚慌、憤怒與哀傷
留下身心的靜定喜樂

笑臉相迎

順著詩行走。拐彎
眼睛一　亮　即是寓所了
僅以一壺人生之清茶款客

匆匆

守到深夜。終於盛開了
曇花說：在我一生中——
話未說完　即已凋零

原形

往太陽下一站
說：影子啊
你的高大是我的原形

電線桿上的雀鳥
笑問：
渺小
也是嗎？

痴心的星子

夜空有那麼多美麗的星子
擇一顆遙遠的　發出迷人之
光芒的　久久地痴視　付出

情深

親愛的。　妳也在痴痴地
望著
我嗎？

髮香飄散

「頭髮長了，剪不剪？」
遠方的伊人傳訊

啊不！
依偎在妳懷裡時
就讓它像瀑布，或月光般
流瀉下來。散發著髮香
覆蓋
我憂愁的
臉

沉吟之後。她說：
嗯！好！

讓時間去著急

不急著上學
不急著打籃球
不急著揮霍青春
不急著認識這美好
或
醜陋的世界

讓時間去著急
慢慢來
先學會付出
先學會承受苦難
先學會從容自在
與優雅
像學會怎樣寫情詩
一樣
讓時間去著急
就好

山上遇雨

上山。偶遇一陣雨
竟也沖洗了這顆憤世

嫉俗的心

從山上俯視人間
既有如斯高度　眼界也就
開闊了

不復見到紅塵世界
的
齷齪事

祝福並祈求世上一派靜謐
祥和、安好

小狗狗

喜孜孜。今天
買了一隻小狗狗

其貌不揚
卻不會說謊　沒有
溪流般九彎十八曲的
的
心腸

惹人憐愛。只是

必須教牠
不要見人就吠
更不可以向人搖尾
乞憐

做人有做人的樣
狗狗
也應如是

一盞燈

昨天。帶回了一隻
小狗狗　明知遲早要分離
心靈又要受傷……

見山是山。生命的本相如此
也只得勇於面對

惟　小狗狗定是前生
守候過自己的人。或者
曾是徹夜陪我讀書的一盞
枱燈

今世相逢　並非無因
定要予以珍惜　疼愛

照顧
和

尊重

燈下讀書

該安靜的時候　安靜
守在那裡　小狗狗不會打擾
我的
讀書、寫詩

牠　只是喜歡搖尾巴

這世界
已經到處都是不停地
搖動的
尾巴　尾巴　尾巴
尾巴　尾巴　尾巴

你就不要學他們的樣子吧

共看明月

臨近中秋了
愈來愈圓的明月
與誰同看？

狗狗、晚風、我
還有心頭雲海般的
懷念

以及悵愁

小狗名叫 Boss

「太醜了！你的狗！」
伊人說

卻不知這種 Pug Dog [6]
雖然面目猙獰　但個性溫和
聰明　感情尤其
豐富

恰似沉默而寡言的詩人

---

[6]　Pug Dog 是一種高貴的名狗。懂狗的人，都知道哥巴犬的特性。

真正的詩者無不具備哥巴犬
般善良的心性。不會時刻
擺出慈悲相　更沒有一肚子
壞水

太好了！我的小狗狗！

搖籃曲

抱著小狗狗。唱著一支走調
的歌……　它竟然睡著了

恍如返回「青春飛揚」的
年代。常唱著〈綠島小夜曲〉
搖小女兒入夢……

誰沒有快樂而
美好的時光？
它　恆存於心靈之深處

當你感到悲傷　或者遭到
挫折　它就會悄然出現
伸出戀人般溫柔的手
撫慰著你……

中秋夜

天上。是誰睜圓著一隻眼睛
俯視入晚的人間相繼點亮了
燈火

愛　愈是黑暗愈是明亮

白魔法

商場內。赫見地面上出現
八芒星的畫面

它　與崇拜光明有關。同時
也具有「神」的力量

疫下。在百業蕭條的情況下
倚靠神之幫助　或能力挽
狂瀾。令商場興盛起來……

吾人敬鬼神。卻不迷信
也許　善念之具體形象即是
「八芒星」。那就在心中
顯現出八芒星圖案吧

金鯉

整個世界
就是這一方小小的池塘了

金鯉　優游自在
自我感覺良好

直到聽見小雲雀的
竊竊私語：

可悲復可憐
既觸不到水底的白雲
也撫不著遠天的
一片
蔚藍

空門

遁入空門之前
情　比千噚大海深

剃渡之後
心湖中

是否映照過伊人的淺笑
嫣然

也許
無情即有情
有情即無情[7]

十行

她說：
一個帶著心事行走的
女子　是不配恣意
瀟灑的

恍若一肚子壞水的人
是不配戴上「桂冠」的

而詩中的美、善、真
又豈是虛情、假意
可以
堆砌出來的？

---

[7]　李叔同出家前，曾在戲園子裡認識一名女子楊翠喜，對她的歌喉很是欣賞和喜
　　愛，曾一度萌發了為該女子贖身的念頭。無如，楊翠喜先被別人贖走了……

取下口罩

都戴了三年啦。什麼時候
才能取下口罩？

其實　取不取下皆是一樣的
誰又能看清誰的面目？

即使看到了
一朵春花般綻放的
燦爛的微笑
也　未　必　是

真笑

微笑

街樹說：來來往往
行人口罩裡皆是愁苦

錯了！也有人嘴角掛著
堅毅不屈　及發自心底的
善意

的
微笑

芬芳美麗

上網課前。小孫女說：
須先打扮一番

看！春天來臨之前
花蕾　已經含苞
待放　甚至吐露了淡淡
的
芬芳

中秋夜滿月

與小狗狗共看
月亮。今晚
只聞花香　不談
悲喜

庭院裡。秋意濃

望著望著
怎麼
竟爾望出了兩行
清淚

眉頭深鎖

明月當空
照徹了人間的憂傷

知否？
濃郁了鄉愁
加重了思親、懷友之
情。只消一輪
圓圓滿滿
的

中秋月

疫下。讀月

中秋夜。一輪月
讀了又讀　始知

母親那張略帶憂傷的
臉　仍在天上深深地牽掛著
亂世中
的

人

中秋七行

月亮　如斯潔淨
是什麼樣的情緒才配得上
她

微風徐徐：
說：月光
照遍了九州

一切都在無言中

中秋節團圓

歡聚一堂時。歡笑
道：人間至味是團圓

雙鬢染霜時。又含淚
說：人間至味是團圓

人圓月圓

節不節的無所謂
只要妳在身邊　每天都是
中秋

浮木

疫災不像海水般退潮
全世界　仍泡在苦難中

救濟機構是塊大浮木。手啊
爭相緊緊地抓住

海面上。陽光十分燦爛

燭火

不信疫情跟情愛一樣
天長
地久

燭火
燃了一夜
也就熄了

疫災
也僅是一根點燃的蠟燭

是詩者，抑是詩？

假如　一首歌
震撼了你的靈魂
也許　是歌者而非
歌

詩　亦復如斯？

是詩人
而非技巧好、比喻妙

的

詩？

大地母親

沙的細小
草的卑微
春雨般的淚
黑海一樣的深情

世界啊
我不只是你的全部
也是你的前世
與

幾乎真得令人懷疑人生

山城的小花

餐廳後院。意外發現
許多奇異的花卉

看人　不如看花
芬芳是真的　嬌態是真的
花靨
更是如假
包換

幾乎真得令人懷疑人生

山城的石畫

一筆一筆　畫在石頭上
呈現出多少人心中的願景：

一片寧謐。綠葉襯托著
花般美好的歲月
陽光燦爛　流水潺潺……

而處處聞啼鳥。這昇平世界
宛如仙境　也像童話故事裡
的情節

無聞疫災、戰亂。更不知道
什麼投毒不投毒

痴望著石畫　竟不忍轉身離去

抽煙

恍如山後緩緩升起的輕煙
逐漸飄散、消失。不牽拖
不留戀　願你也灑脫地離去

無常的形狀

啥是無常？

淡然一笑。你瞟了一眼
天際的白雲

知否？

畫中有留白。詩中
有境，其意無窮無盡

沉默是與上蒼漫長的對話

烙印在心

英雄。烙印在寶馬身上的
印記　恆久存在

未知
用幾首情詩
烙印在妳心上的
印記
會不會消失？

來生。還會不會見到該
印記？

合十的祝福

「你當然會幸福啦，畢竟
我雙手合十的願望裡，永遠
都有你！」她泣訴……

這句話，包含著多少牽掛與
關愛，多少感慨以及綿綿的
情意

生命如此匆促。無常病毒般
窺伺在側，而誰也不知道
明天是否還在呼吸……

活在伊人合十的祝福裡
此生已是無憾。惟，你將以
什麼回報？？？

吟唱〈水調歌頭〉

三十年前購置的　擺在客廳
之蘇東坡題詩的瓷器「水調
歌頭」今晚予以擦拭，吟誦

何止是悲從中來……

身邊的人大多不在了
僅剩詩之意境　以及詩之
美

世事多變　歲月之滄桑
全在吟誦聲中
呈現了出來……

三十年後。又將是怎麼一番
景象？

炊煙

經過戰火洗禮後
才知道　山後那一縷炊煙之
美

遭逢千年一遇的疫災。始知
生命比風中燭火更易熄滅

人間的雞毛蒜皮都不值一提
除了情與愛

無題十二行

沒有誓言
沒有結局
卻有比天地線還長的思念

詩人期盼可遇不可求
且沒有利益參雜的

人間
美好

如斯才能天長地久

宛如渴盼
一首靈光一閃
即時揮筆而成的
經典

失題八行

謀生很困難
寫出好詩也不容易

獎不獎的
不算數
只有漫長的
悠悠的
歲月

說了算！

九行

詩　越寫越短了
恍如人生。卻未必
簡潔、精鍊　富於象徵性

詩啊
比沙灘上的細沙多
經典之作
卻又比晨星
少

穿越十四行

倘若穿越了知性、感性
如同過馬路一樣容易
你將沒有宗教信仰
沒有貧富差距觀念
也沒有政治立場
甚至沒了愛恨交織
而成為不知詩之為何物的
人

這樣也好

渾渾噩噩地生存
庸庸碌碌的過了一生
然後流水般靜悄悄地流逝
未嘗不是一種美好的
事

酸、甜、苦

詩　寫了一輩子
始體驗蘇東坡的心境

幾乎嚐遍了美食
才嚐出東坡肉的真味

會心一笑

格言不像格言
謎語不似謎語
的東東。稱之為「詩」

人脈、手腕加上心機
居然也能獲獎

細讀其詩。越讀
越是
搔頭

終於露出一朵會心的微笑

尋春

花
張開一瓣瓣嘴巴
問：

春天在哪裡？

宛如詩人。筆下
詩千首
卻在到處
尋
詩

生之喜悅

大海有源泉

恍若世上最美的風景源自
善念。而一路走來
你看到了什麼絕佳美景？

翠鳥

大颱風過後。一隻翠鳥
獨自站在枝椏上落寞、哀鳴
那是無常的形象。昔日相偕
覓食的伴侶已不知所蹤
天災人禍不斷。世界何處沒有
孤零零的身影？

終生寫詩

桌燈說：
桌面是平靜的湖
筆是釣竿，用來釣名
釣利
哈哈大笑我說：
這支筆只用來撫慰

人
生

寂寞和孤獨可以為證

突降的大雨

有些國家躺平了。據說
以後的政策不再是「清零」
而是「清老」

75% 確診後死亡的人　都是
老年人。他們察覺到了　故
採取這樣的「防疫政策」

人心就是如此殘酷嗎？

蒼天無言。萬物之靈的
存在　就是遵循這種殘忍的
法則嗎？

無言。突然下了一陣大雨……

詩後：疫情持續變異、擴散。上了年紀的人，請務必小心警惕，不
　　　要參加聚會，更不要隨便摘下口罩，以免被「清老」！

驕矜的演奏者

又見商場內落寞的
音樂人。恍如見到你
獨自
在廣袤的宇宙中
演奏鋼琴

也不管黑暗籠罩
眾星
昏沉

連一個聽者也沒有

千堆雪

筆，在稿紙上鼓起大風浪
沖擊著記憶的礁岩。捲起了
千堆雪……

或能覆蓋一些悵愁、憂傷

裝釘歲月

出版的
不只是詩情、詩意、詩境

連胸中的江山
也赫然呈現於陽光下
令人感到風景之美　大化之
神奇　並感動於人間
不斷搬演的悲、喜劇　慘劇
以及一顆顆無處安頓的
心

好在眾生有情　天地有情
草葉也有情。值得細讀……

獎座

今晚。輕撫著
擺在書案上
代表終身成就獎的
木雕

獎座

有點慚愧：月光黯淡呀！

黑馬

頒發詩獎
獲得殊榮者
令人大感意外

發出
驚歎：
是一隻黑馬

得意洋洋。到處張揚

未知
唐詩三百首
有沒有「黑馬」？

夕陽無限好

夕陽
冰淇淋般融解了

心情　一片寧謐
稍微
亮麗

願每個人都有這樣的
黃昏

地球的現狀（組詩）

之一、寥寥四行
洞悉一切。詩是
上帝的視角　什麼都看到了

藉著一陣突降的大雨
祂說：心存善念吧……

之二、夜裡的跫音
跫音愈來愈近。人類末日
正在加速趕來

核戰爭已迫在眉睫。許多人
卻渾然不知。歌照唱　舞
照跳　賭場依然燈火
通明

利益之爭奪也更趨據烈

點燃三炷香。跪在佛前
什麼也不說　只是流淚不停
流淚
不停

之三、雪花紛飛
核冬季
黑雪，覆蓋了整個大地

時間像壞掉的摩托車一樣
停在那裡

地底下
仍在醞釀著生機。似有
一片嫩綠
掙扎著
欲破土而
出

第五輯

早餐桌上

酒店打烊了

以時空穿梭機
返回暗戀的年代
並還原了俊逸的面貌
而豪雨般肆無忌憚的大笑
也都回來了

只是。不願意回去
回去那個母親疼惜，一家人
和樂團聚在一起的日子

因為不願意再經歷生離
與死別。也不願意多看人間
的慘劇　更不想重見千年
一遇的疫情　及可怕的戰爭

夜已深。若是
酒店打烊了
也就散了吧　散了吧

早餐桌上

摸著小孫女的頭。妻說：

又長高了！

微微笑著
我說：
高度不在於身材　而在於
思想、情感……

一定神。兩人都不見了
僅留下

千年的寂寞

人生是嘻哈笑

「什麼是人生？」
小孫女問

靜默了一下
我說：也不過是在水中
浮浮
沉沉

她依樣低頭沉思
突然嚷道：
啊！是在游泳池裡

戲水　嘻嘻哈哈
笑

溫柔

小狗狗很皮。亂跑亂咬
東西　卻情人般喜歡撫慰
及抱抱

跟這顆驚惶的心一樣。亟需
予以安慰

世界啊。請收起你的暴力
待我以無限的
無限的
溫
柔

玻璃心

大地震。倒塌了房屋
斷了橋　也震碎許多美夢

活著。除了默默承受之外
又能怎樣？人間的災禍何止
一端　而你只是碎滿一地的
心

即使碎滿了一地　也要
反映出生存之痛苦　堅毅
不屈。以及

上天的仁慈
或
不仁慈

大雅台的午餐

帶返菲的女兒
去看大雅台火山湖
同時看一看美好回憶之
景象

勾起了許多笑聲

午餐時。每一道菜都有
特別的烹煮方式。適合於
品嚐歲月悠悠的滋味

沒有感慨。也不必淚目
盡情地享受午餐
別放過一分一秒

來世未必再有。看花必及時
莫負
今生

流水潺潺

無關信仰
見神見佛或是見鬼
都心存一份敬意

也對萬物存著敬畏，以及
感恩

一切的存在皆有寓意
花花草草如斯，流水潺潺
亦然

不必以一己之猜想，賦予
意義。恍若不以一己之詩觀
規定什麼才是「詩」

藍色的天空

一望無際。藍藍的天
並非人間煙火所能污染
戰火
也不能

只有淡淡的憂傷
此心　永是那麼
藍

尊嚴　那麼藍
不容污染

疫下一碗麵

幸福很簡單。碗裡
盛著麵　盛著不捨的親情

共享人生的美味佳餚

只是　這一別
又不知何年何月何日
才能　見
麵

商場。鋼琴演奏

旁若無人。老者
以靈活的雙手彈奏出
心中的孤寂

雖然商場人來人往。喧鬧中
猶有山泉般的清音瀉出

人間越擁擠　孤寂感愈深

全藏在樂曲中了。只是
過客匆匆　誰會停下腳步
聆聽你千年的孤寂

彈給空氣聽　也罷！

世界劃分為二

一邊是躺平
一邊是封城、確診

許多人半夜餓醒
另有一些人富得有餘

道德

砲火猛烈
硝煙中不知道哪一方
代表
真理

小露珠

有點耀眼。露珠
說：我比太陽還要亮

太陽點點頭：
願你永遠那麼亮
願你　也能普照大地
以及
天下蒼生

水餃與湯圓

一碗水餃拉麵
也能看到遠方伊人
包餃子的模樣。並且

連思念也一併包了進去

細品妳的情意綿綿
以及無限的關愛
那眼神啊　就是無酒
也心醉

芝麻湯圓啊
那香味　附在詩中
恆久　不變

紫晶小葫蘆

如果
這顆心是
葫蘆　那就把憂愁
和思念　全放在裡面

也許
永遠封存起來
因為思念和情愛
無法
分享

母親節

母親不在了
誰說再也送不出暖心的禮物

你天天送
送出最深的懷念
送出藏在心底深處的感恩
與

愛

平安歸來

雪花飄落
許多人跪在地上
祈求、唱歌：
願戰場的戰士平安歸來

歌者的嗓音悲苦
臉上無不浮現心底的哀傷

在遙遠的天際
在來自的宇宙深處

是否也有同樣的祈求
與歌聲？

人間
也是砲火猛烈的殘酷戰場[8]

玉葫蘆項鍊

又看到小葫蘆了
晶瑩透亮　綠油油的
像一片草原　也像妳的
內在

葫蘆裡
是裝著酒呢
抑或是裝著
夢

啊！都不是。妳笑了：
裝的是每日的牽掛
是情
是愛

---

[8]　俄羅斯穆斯林人全民為世界祈禱和平。

眼睛

窗戶是
睜開的眼睛

點燈時。告訴全世界
最溫馨的是
家

熄燈時。告訴自己
心中　尚有一盞更輝煌
的
燈

地球。無依無靠

太空人說：宇宙太深了
太遠了　飛船是懸空的
而順著腳底下一看
地球也在天上懸著　那麼地
不安全　那麼地無依無靠啊

人跟地球一樣　依何而住？

爭什麼？　奪什麼？
氣什麼？　苦什麼？
殺戮什麼？　毀滅什麼？
核彈　能不能爆炸掉生命之
孤寂感　以及心中至大的
恐懼？

好花。好景

從唐朝的月缺
到今晚的月圓，仍然是
同樣
的祝願

月圓、人圓、事事圓
好花、好景、好事連

不同的是
在千年一遇的疫災之
肆虐中
心裡的祝福倍加
真誠

螢火蟲

每一個微笑
都變成了心中
星星點點的
螢火蟲
夜裡，飛入夢中
照亮
昏暗的路

有時候
也飛出夢外
去照亮童話世界裡的
笑聲

人生的浪花

他說：
《》通常作為書名的引號

哈哈大笑我說：打破常規
也無
不可

沒有不變的雲朵
也沒有一模一樣的
飛濺
浪花

歲末感懷

憂傷，街燈般亮著
照見悲欣交集的往事

往事，是否懷念
並牽掛身陷於共業的人

上山賞湖

上山。看湖　看火山
看雲霧　與大自然融合
在一起

再享用一頓
椰島的美味佳餚
一杯香醇的黑咖啡

恍如身心洗了澡。精神
舒爽　足以下山　再入
滾滾紅塵
披甲
一戰

一張現代畫

有故事的人
從一張色彩繽紛的
現代畫中　看到了往昔
的
景象

沒有故事的人
只能看到一片虛無飄渺

詩人卻看到了核爆之後
這顆星球又恢復了初生的
渾沌
形狀

另一個石器時代

從一幅現代畫中
看到了第四次世界大戰

他們使用木棍和石塊
殺得天昏、地暗

直到
全世界都安寧了
比核戰之後的嚴冬
更加
安寧

颱風過境

手機響了
警告：大颱風即將到來……

親愛的。請勿擔心
最多是停電，或者停止一切
活動　卻停不了詩人
的
戀愛

和

思念

濃愁

眾星昏沉。一輪朦朧的
月亮說：臉上的濃愁
比遠古時代更濃了

疫下。隨時都會引爆
毀滅性的「核戰爭」
誰能真正快樂得起來？

只是
有人疼惜　有人在耳邊
柔聲說：我愛你……

再苦　也值得活下去吧

廁所文學：深藏不露

「所有的人都不相同，但

天生異稟的人，更加不同於
他人！」

廁所牆壁上掛著這樣的文字

這，跟有才的人一樣
最好是「深藏不露」，以免
招禍！

惟，珍珠掩不住它的光華
鑽石，在陽光之下更是
未能制止自己不閃爍
光芒呀

蝸牛

蝸牛般躲在自己的世界
過著慢悠悠的小日子。該有
多好

無如你不是蝸牛
時不時，都要探頭看看這個
人間煉獄
看看受苦受難的眾生

以及

所謂的末日審判

蟋蟀

在盆子裡
鬥得斷臂斷腿
像極了互相殺戮的
人類

沒有公理。也沒有是非對錯

別子離妻

戰爭是一場大雪
冰封了世界。愛情
也不能將它融化……

赴戰場前。情人的
心中　只能
凍著幾句
話

恍如凍著前世
的
思念

給妳

「為什麼有止不住的憂傷？
因為我心裡有太多的小喜歡」
她低頭

喜歡　芒果的酸
喜歡　葡萄的甜
喜歡　苦瓜的苦
喜歡　辣椒的辣
啊喜歡嚐遍人間的
真味

尤其喜歡你眼中的
燈。映照深情與不捨
於我
心中

廁所文學：活著

告示：快樂起來
感受青春活力

即使不再年輕了
也要篤定從容愉悅地
活著

恍如只讓皺紋留在身上
不要留在
心
頭

一碗麵線

久沒吃到這樣好吃的
麵線了！

好在老母親傳承了下來

碗裡　何止有老人家的味道
還有她的音容　以及無盡的
牽掛

當然　思念也藏在其中
恍如藏在我憂傷的
心裡

時間之深處

外甥說：迷失於景色優美之
山林中　未嘗不是好事

你卻常感到自己迷失於時間
之深處而悵愁……

小籠湯包

經濟縮水
小籠包子也縮小了

好在胃口不大
只是　憂傷較多罷了

懷雲鶴

路過舊餐廳
餓了　卻不進去

裡面
有故人留下來的笑聲

懷夏默

嫉人愈多
愈思念故友

可以說話的人
比晨星少

給好兄弟：一樂

仗劍江湖。兄弟
你是我的劍鞘　擋住了
鋒芒

一路行來。你是我的
舵手　把握住航行於險惡
江湖之方向

有幸遇見。何止是前世修來
的福緣

這份肝膽相照的情誼
勝於所有珍藏的
稀世
寶石！

入乎其內。出乎其外

降生塵世。身心即游魚般
受困於玻璃箱內

也像熱鍋螞蟻一樣
飽受折磨……

爾今。已活成藍天的
白雲　俯視下界
始知一切皆正常　也是
幻象

瞬間消失無蹤

疫下・洞洞葉

問：葉子上
怎會有這麼多洞洞？

綠葉笑了：
詩人的心，不也有很多
傷口

誰沒有故事？
誰　　沒有別離
沒有悵愁　也沒有
人間的饑腸……

出征

女人說：不能陪你去到天涯
就採一束盛開的格桑花
替我陪你吧

男孩說：如果太陽下山
我還沒回來　你就離開
不用再等我啦

古來多少次出征
多少沙場堆疊的白骨
皆是
夢中人啊

敢問：不熄的戰火
是否照見了公理、正義？
是否發現人類的和平
以及
歲月美好？

帽子

不喜歡
吾人在寶島的詩刊
或報紙上　發表作品
也不喜歡　讓吾人跟當地
詩人
交往

是故。雖然
沒被自殺　也被戴上了
一項紅帽子[9]。哈！也許身後

---

[9] 多年前訪台，曾有一位前輩詩人跟我說：「閣下曾被戴過紅帽子⋯⋯啊啊啊！！」

又將被冠以江洋大盜之名

快哉！有人嫉妒誠是好事！

痴情的春天

「來生，我就化作一朵花了
你會來看花嗎？」

望著妳盈淚的笑容
輕聲說：我早就來了

妳在哪裡
春天啊
就在妳的身邊
痴痴地
守護著

憂傷的藍花楹

今早，妳又貼出
迎風飄揚的藍花楹照片

也許，看到的人都覺得美
隔山隔海的人，卻感受到
妳心中淡淡的哀傷
寧靜，深沉，憂鬱……

是了。這世界只能
只能給予妳這樣的情緒

也給予我筆下
夜色般無邊無盡的憂傷
卻又不得不堅強地活下去
恍如藍花楹，繼續綻放著
美麗

雖然內心有無盡的憂傷……

疫下的臘腸飯

香氣濃郁
臘腸飯釋放出來的
味道　堪比一首流芳百世
的
好詩

疫情肆虐。更是難於品嚐到

美味的臘腸飯　恍若
不易賞讀到撼人心魄的
佳篇

今天品嚐到美食
恍如重讀李杜的詩　甚是
欣慰

問筆

問筆：
對人間殘酷的戰爭有啥看法？

筆　顧左右而言他
說：
我不以一己的觀點
為詩
下定義

循著鐘聲尋去

全球新冠死亡
逾 627 萬例

大國鳴鐘哀悼百萬逝者

循著鐘聲尋去
全球各地一個個
老鼠疫、蝙蝠病毒實驗室
赫然
在目

浮木的悲傷

湍急的溪水是
動盪不安的時代
你只是水中的浮木
憂思有什麼用？

遠方的伊人傳來關心

她說：
含笑也好
含悲也罷
只要你平安地過日子……

唉！浮木也只能如斯隨波
漂流

愛情隔離

滿天燦亮的星子
看似親近
實則相互隔
離

惟
兩顆心愈隔離愈
貼近

最好的感覺

若問心情
請看一看遍地的殘葉

處於末世
連海灣的落日也感到沮喪

惟　就是孤舟般
不放棄希望
因為
知道有個人　在
默默地牽掛　在

疼你愛你
和

想你

核冬季

用一支筆
丈量人類的戰爭

戰爭笑了：愈丈量戰火愈
猛烈

一枚核彈柔聲說：
別擔心
冬季來臨時
戰火　也就永遠
熄滅了

真理七行

「真理與我們同在！」
他們疾呼

核戰爭之後
只剩下冒煙的廢墟

什麼都不在啦
除了
真理

靈魂

肉身是靈魂的載體

碗盛著水
碗破　水以另種形狀
存在

渴盼

她說：久違了，陽光
你從一個霉味的冬節裡
走來……

恍如天災、人禍孵出人間

的
太平

伊人的等待

像水滴一樣洞悉自己
等一個寂靜的人來聽

不必等了。詩人是盛水的
竹節。何止聽了千年……

秋心

九月　隨著雨水蜿蜒流逝
接踵而來的十月　或會
鳥鳴般喚醒秋心中一樹飄香
的桂花

門

人人都有兩個門：

一個是家門
一個是心門

請都在門內
為他人
留一盞
無限溫暖
的

燈

真理七行

「真理與我們同在！」
他們疾呼

核戰爭之後
只剩下冒煙的廢墟

什麼都不在啦
除了
真理

宴會

笑對同窗
及滿桌海、陸、空的
屍體。你幾乎沒有什麼
食欲

撞跳的心
微
痛

憶起童年放學回家時
抱回了一隻瘦弱的
小貓……

小貓

那麼無助。小貓
生來即承受著大化的
磨難

直到今天。始發現
牠一直窩在心裡
未曾離去

讓人感受到牠的
千般委屈
無奈

陪伴

這世上，沒什麼比「陪伴」
和「在一起」更重要的事了

她向夜空傾訴⋯⋯

出征的人。無法陪伴
也不能在一起

疫下　分隔生死的人也如是

只有跪在墓前
流淚不停的
人　最是深切體會

幹掉

軍事指揮官說：

膽敢那樣做，我們
就「幹掉」他們的軍隊

誰來「幹掉」戰爭？

相思的後韻

今早。泡妳特意寄來的
好茶「大紅袍」。香醇順喉
後韻，無窮無盡……

這不是「相思」，又是什麼？

無題七行

這是真正的羞辱！
有人痛斥：一些國家
對超級大國像奴隸般溫順

竟爾
令人想起人性
以及
「詩文壇」

飛鷹

別讓任何人
陰鬱你內心的晴朗

不要浪費時間
與不同層次者談什麼
視野

心中只裝著藍天、白雲

簡單　純粹　並且自信地
飛翔　像一隻暮色蒼茫中
的

鷹

沉默千年

口若
滔滔江水　連綿不絕
是否看透了人性？

寧願

孤獨自處　沉默千年
也不要廣交天下。這是否
澈底
看透了
人性？

平安夜

末世
觸目皆是別離

職場上
砲火中
疫情下
處處是別離。是無聲的
眼淚……

連商場擺出的聖誕樹
也少了一些歡樂的氣氛

其實。心裡渴盼的
僅是一個真真正正的
平安夜……

快樂

只要小孫女
在聖誕老人身邊一站
什麼感傷　什麼哀愁
都
不見了

人生就是一場一場的
別離。今日　挽著天真的
小女孩　即是至大的歡喜
快樂！

第六輯

柏木小葫蘆

孤獨的星球

地球　　正在孤獨地向浩翰
無垠的宇宙飛奔……

載著互相爭鬥、殺戮的
八十億人口
奔向蒼茫……

這顆藍色的星球
還能在落寞中
旋轉
多久？

撫慰地球的心靈

真想化成
另一顆星球
撫慰這孤獨的
傷痕纍纍的
藍色
星球

恍如
以詩撫慰人生
九百年

柏木小葫蘆

「好的關係是
察眼意，懂眉語」

親愛的。疫情不退
相隔兩地，又怎能傳達
綿綿的情意？

夜裡。取出伊人贈送的
小葫蘆，輕輕地撫摸
搖動，也就聽見了遠方
的
傾訴

傾訴之一

生死兩隔。愛
不必傾訴　也能知情達意

像電流　如同靜水緩緩地流
彼此感應、安慰……

傾訴之二

答應我！一定要陪我
每分每秒　每天每夜

吾愛。即使答應了
時間也不會改變它的軌跡

刺蝟

看起來　個性溫和
為何總覺得你渾身是
刺

哈哈大笑：
用來刺破人間的
不平　虛偽
以及
處於十丈紅塵的
傷痛

清風・明月

清風輕拂
說：窗內創作不輟的
人　被讚美了嗎？

明月如霜
答道：
都說嫉忌是另一種讚美
也是至大
的
自卑

詩人笑了。似乎聽見了它們
的對話

貪婪

宇宙的黑洞。不停地
吞噬恆星，及所有接近
的
天體

恍如人心

美人的笑

笑跟詩一樣多義
如果你心中境界高
它　即是絕佳的風景

若有卑微的念頭
笑　可能就是鄙夷
或不屑了

親愛的。何以
妳那羞怯的笑
竟爾　時不時驚艷著時光？

眼淚

情人的眼淚
很美　惹人憐愛

倘若淚眼中藏著心機
那就大打折扣了

塵世上
沒有比來過人間的

月光　悄悄在草葉上留下的
珠淚
更美了

風大雨大
——答遠方的伊人

「昨晚下了大雨。今天
風挺大的，有點冷。你那邊
怎樣了？」

氣候變化無常
跟人生一樣。看似晴朗
突然就大雨傾盆了……

淋雨就淋雨吧。最多是濕了
心情

只是有點冷
也不捨雨中漸行漸遠的
人……

又見聖誕樹

疫情三年。又見聖誕樹
在晚風中閃閃發光

每一顆燈飾都像教堂裡
聖母馬利亞的眼
那麼慈悲、憐憫地
關照
人間

三年前　樹上閃耀著快樂
三年後　只剩下一顆顆欲哭
無淚
的
眼睛

耶誕樹啊耶誕樹
你　不就是我今晚心境的
具體
呈現

狗狗的體重

狗狗四公斤重了
而我的憂思
僅是一斤

再過些時日
什麼憂思天下
對比與狗狗之
體重　也就變得很輕
很輕　輕得微不足道了

這樣也好！

上帝也瘋狂？

——目前，世界末日的風
險，達到了 1962 年以來最
高。

為何全球的生命
只懸在幾根按鈕的手指上？

為何「生命共同體」意識
未能疫情般迅速蔓延？

為何科技的長足進步
僅是製造毀滅地球的核武？

為何上帝造人
只是讓他們
在歷史的長河中
互相殺戮不停？

核爆　果真榮耀了祂自己？

廁所文學：洗手

告示：請務必洗淨
你的手

有人洗了一生
就是洗不淨一雙手。甚至
愈洗
愈骯髒

其實　一顆心清潔了
手　也就變得

十分
乾淨了

廁所文學：跳舞

告示：生命
並非是等待風暴過去
而是學習如何在雨中跳舞

再大的風暴都會過去
焦慮不安
無補於事

嘴角掛著一朵堅毅的微笑吧

讓你的心
在雨中愉快地跳起舞來
舞出生命的活力　也舞出
陽光

人間

用導彈追求和平

用核彈追蹤歲月的美好

若問結果。答案是
冒煙的焦土　荒涼的核冬季

兩個客廳

一個在家裡
一個在心底

接待的　皆是
品德有如蘭花般幽雅之士

至於心中
則謝絕面目可憎者
或者詩文壇的
鼠輩
入內

以保持雅舍的幽靜、清潔

神之蹤跡

書房裡。收拾整潔
桌椅齊全　還有紙筆
枱燈等……

顯示有人予以精心安排

在天宇中多少星球
有序地運行。並非在那裡
亂碰
亂撞

這　也洩露了創造者
或神之蹤跡。你還有什麼
懷疑？

詩後：不信有人形的神，以及所有編造的故事，卻相信有神的存在。

我愛妳

出門。盆栽好幾天沒澆水
葉子都垂了下來　顯得有點
沮喪

細心照顧　按時澆水
並柔聲對它說：我愛妳……

不多久　葉子就生機盎然了

如果
我們也這樣對待這藍色
星球　並常說：我愛妳……
會不會恢復它美好
的
原貌

（惟，世上有沒有「如果」？）

清晨

夢見戰火熄了　疫情退了
生活又恢復平靜、美好

下大雨。那是喜極而泣的雨

深夜讀史

翻開人類史　依稀
聽見淒厲的哀嚎。敢問：
是比星子多的冤案嗎？

細語

時光短暫。你怎麼捨得
不馨香、不驚艷？

夜裡綻放的曇花如斯說

懷念

牽掛。像是風箏的
線　牢牢地繫住了一生

又不像線。它　三生不斷

有感

一生
讀了不少書
也吃了許多食物

有的化成
心肝、熱血
有的化成硬骨頭
也有的化成了一顆
善心

另有人
竟然化出一張
厚臉皮

與孤月說話

都說活著
即是人生的意義

發現人性之美醜
感受存在之苦樂
體驗人間的恩怨

以及
人情之冷暖
無不是這場人生的意義

此時。此刻
大笑三聲
更是最大的意義

祕密花園

離開了肉身
就去一個寧靜的
沒有煩憂　沒有苦惱
也沒人知道的祕密花園
叫做

思念

白沙灘

又漫步於白沙灘。海潮
來了又去　沖掉多少人生
足跡

踩得再深也無用！

好在詩人的印跡
都留了下來
留在
長短句中

留在妳心底深處的白沙灘

懷孕

隔離三年。深夜般
深深深了思念
看來是無望生雙胞胎了

那就讓筆和紙
多多親熱吧
生一大堆漂亮的
詩

詩中有情有愛有濃愁
即使千年後檢驗
也無妨

確是吾人的「基因」

偶感

喪失人格者寫不出什麼好詩

遠天的星子
並非因為人脈而
發光

行走人世間

硝煙瀰漫。一路走來
幾乎都是殺戮戰場

哪有什麼美景？連落日
也染滿了鮮血

今早醒來。卻發現鏡中
雪染雙鬢的
詩人
即是一道靚麗的
風景線

孤絕的世界

「每個人，都有一個世界
安靜而孤獨！」

親愛的。我也有如斯
孤絕的世界。只是，心中有
龐大如雪山的思念

也有雪花般籠罩天地的
憂思

並不能安靜地「獨釣寒江雪」

抱枕

人情冰冷。現實世界
似乎也在零下……

夜裡。只有抱枕情人般
給予溫暖

其實　遠方伊人的牽掛
和關愛　才是緊抱在懷裡的

至大
安慰

憶夏默

多年喝咖啡
杯中是喝不完的人生
嚐不盡的
生　老　病　死
與「苦」

卻有餘韻。啊友情！

臨終前
尚相偕前往大啖螃蟹
不亦樂乎！

看透了人性
爾今　只求看金庸
其他的書　也就不看了

一部《神雕俠侶》
足慰
今生

生日快樂

謝謝妳的出生
給予稀世珍寶般
難求的　如斯美好的
愛情
神韻

沒有雜質。夜明珠一樣
的璀璨情愛

戴在心上。連詩人也有了
迷人的風采

一封信

半夜醒來。想寫一首詩
傾訴內心的悵愁

寫著寫著
竟將自己寫成了一封信

欲寄往何處呢？

夜空如是遼闊、廣袤
連個影子也沒有
況乎造物者的
地址

月色淒涼

深夜時分。胸中
月亮般露出雲端的
憂思　淒美地遍照人間

遠方的伊人醒著
坐在窗前　靜靜地
望著外面
的
月色

風中似傳來一聲輕嘆……

月亮問銅像

月亮冷冷地
問：除了滿手的鮮血

你還有什麼值得驕傲的？

銅像無言。遠方有戰爭……

窮苦的
更加窮苦。飢餓的更加
飢餓……

小火爐

生活困難
人情味也變異了

一覺醒來
卻看到伊人的訊息：
「早安！
又是愛你的一天」

縱使是雪花紛飛的零下現實
也有「紅泥小火爐」
可以
取暖

月色悲涼

問夜空
什麼是戰爭？

星星閃爍著
淚花：

那是孩子們互相殺戮
政客們暗通款曲
軍火商大賺特賺
妻子等不到丈夫，媽媽在暗中
飲泣……

菊花茶

都說需要「淡如菊」
人心比世局更亂　更複雜
不淡
又待如何？

泡一杯菊花茶吧

平心

靜氣
看雲煙飄散。也看盡千帆
眼中過

無語

安安靜靜。上蒼
為何總是緘默如斯

晚風輕拂：
多少人可以配上祂的慈悲？

滿天星黑髮水晶

都說是大自然億萬年的
見證　從未見過的精品

遺憾從未見過這種「泣鬼神」
的
好詩

與靈魂對話

靜夜裡。出竅的靈魂
細聲說：

不只依附在肉身
時間與宇宙萬物也存在於
一團能量。一顆
撞跳的心

詩人笑了：是否沒有意識
就沒有了一切？

靈魂也笑了：生與死
皆是一樣的。能量不滅
才有所謂的永恆……

照片

伊人說：
詩集中的照片
最好沒有口罩和自拍手機

親愛的。口罩
見證人間的苦難

而手機　則是我的詩
拍下了滿腹的辛酸
和
悲欣

原諒歲月

歲月跟詩文壇的鼠輩
一樣卑鄙　盜走了太多
的
東西

今天。還是原諒了歲月
雖然盜走了青春年華　卻也
留下了不少美好的回憶

絕不原諒那般鼠輩！
種下的惡因　自有惡報

宇宙深處

人人都是
一封無處投寄的
信

恍若地球
載滿了八十億人口的
悲欣、苦惱
迅速地奔向黑暗宇宙之
深處

也不知道目的地是哪裡

九行

一部歷史
見證了人性的美或
醜

佛陀
似有若無的笑
見證人間之苦難
以及荒謬

詩人　含淚
包容了所有的一切

八行

宇宙中
多少星球有序地
運行
這是神的安排

核爆　毀滅了地球
豈是上蒼的精心安排
或
旨意？

寥寥幾行

又有熟人往生。提醒你

自然規律宇宙秩序……
是否也平息怒海。平平靜靜
讓每一隻孤舟　平安順利地
度過？

人生的按鈕

天氣熱。一個按鈕
即時改變了室內的溫度

心態啊　神奇的
按鈕：

悲傷變快樂
黑暗變白天
處處是陽光燦爛的
美景

藍色的光

心是藍色的
血是藍色的
願像藥師佛一樣散發藍色的
光

天藍色　代表佛陀的法身
光明　象徵著慈悲

願每一首詩都發出藍光

療傷、止痛這顆垂死病中
的
地球

附錄

好詩在臉書

李怡樂

欣賞優雅空靈的詩，令人輕鬆舒服；細讀含蓄多義的詩，越咀嚼越有味，多年後仍記憶猶新。

品讀好詩，受益匪淺。

近幾年來，臉書上詩的百花園裡，一直欣欣向榮。《名家有約》、《馭風者》、《新詩報》、《文藝之友網》、《有荷文學雜誌》……目不暇給。在這些刊物裡，經常看到一個熟悉的詩人名字：和權。

和權，菲華的傑出詩人，至今已出版二十一冊詩集。他擅長創作短詩，文字淺白卻涵義深遠，情真妙語而清新脫俗。他的詩緊跟時代的步伐，以悲憫的心反映社會現實。他的詩該尖銳時像匕首，應柔順時如少女的手絹。

在《名家有約》第335期，摘取和權的〈風中的呼喚〉與讀者分享：

> 夜裡無眠。總聽見風鈴的
> 呼喚
>
> 思念啊。叮噹叮噹
> 響個不停

此詩很精簡，文字通俗意思清晰。「無眠」是因為「思念」，「思念」是由於「風鈴的呼喚」，「響個不停」。詩句至此結束，

詩意卻耐人尋味。

詩中的「思念」非單向。「無眠」者的思念，是對遠方的心靈感應。而「風」，代表來自遠方的思念，它借助「風鈴」，呈現出有聲的思念，不停地「叮噹叮噹」。因此，「風鈴的呼喚」即是遠方思念的呼喚。讀者你是否覺得，這無形的「思念」和有聲的「呼喚」，一內一外頗具立體感！

和權的詩，含蓄而又自然地描繪「情」，的確有其獨到之處。再分享一首《名家有約》第336期的〈來生〉：

> 如果妳是窗內皺眉沉思的人
> 我願是風中的樹枝。一直彎
> 彎向妳的窗前，默默地
> 看著妳，守著妳

由於某種不可逆轉的原因，熱戀的「妳」、「我」註定無法「終成眷屬」。儘管如此，堅貞的愛情促使他們下一世還是要繼續相愛。「來生」，描述的就是這樣淒美感人的情景。

「妳」是窗內的人。
「我」是窗外的樹枝。
不同物種雖然無法結合，仍然可以相愛，表達真誠的情感：
「彎向妳的窗前，默默地
看著妳，守著妳」

任何甜言蜜語舌粲蓮花，都顯得蒼白。此時無聲勝有聲，可見詩人駕馭文字的功力。

這痴痴的愛，窗內的「妳」感受到也看見了，卻無可奈何，唯

有「皺眉沉思」何等的悲傷心痛！

　　創作這樣意巧玲瓏的情詩，和權稱得上菲華詩壇第一人。難怪台灣名詩人瘂弦評價和權的短詩是，「華文詩壇一絕」。

詩的比較

左奇

兩首〈長頸鹿〉詩：

1.〈長頸鹿〉 商禽

那個年輕的獄卒發覺囚犯們每次體格驗查時身長的逐月增加都是在脖子之後，他報告典獄長說：「長官，窗子太高了！」而他得到的回答卻是：「不！他們瞻望歲月！」

仁慈的青年獄卒，不識歲月的容顏，不知歲月的籍貫，不明歲月的行蹤，乃夜夜往動物園中，到長頸鹿欄下，去逡巡，去守候。

2.〈長頸鹿〉 和權

縱橫四海
未曾低眉、俯首

卻甘願
化身為長頸鹿
隨時為
妳
低下頭

知否
愛　就是為妳低下頭

談和權的〈長頸鹿〉

中國著名詩評家李悅岭先生

　　強烈的憂患意識和改變詩歌現狀的思想促使詩人變得成熟，在善於思考的內心深處表現出了豐富的人生經驗和堅強意志。為了強化詩的質量和形式，詩人有意把自己化作意識中的「長頸鹿」，著意暴露內斂的精神氣質以及簡單而善於變化的獨特個性，最大可能完善一首詩的結構審美。請完整欣賞和權先生這首〈長頸鹿〉，感受詩中變化或看詩人怎樣形象地刻畫長頸鹿內在的高貴、典雅、自尊的精神品質以及對情感和愛的深刻挖掘：

〈長頸鹿〉

縱橫四海
未曾低眉、俯首

卻甘願
化身為長頸鹿
隨時為
妳
低下頭

知否
愛　　就是為妳低下頭

「長頸鹿」儼然成了詩人心靈昇華的象徵。詩人和權甘願把自己比喻為縱橫四海的長頸鹿，有其對詩歌改造的訴求，這個形象既符合詩人認知的敘事特點，又恰合詩歌主題所要表達的涵義。雖然表現的是藝術化了的長頸鹿，展現的卻是對愛深切執著，或者真實地還原出為愛低頭的真正理由。詩人真的用心良苦，在句式轉合隱喻下，「為愛低頭」不再是一句簡單的示愛口語，而是全詩出彩的最大亮點。語言充滿了神奇變數，創造出的詩歌意境更加深邃。

　　風格迥異的藝術展示是詩人審美的綜合體現，語言是一種無法言說而產生奇幻的東西，對於詩人精神訴求和詩藝探尋，首先從語言開始，深度暗喻的象徵、人性剖折極大回歸詩歌本質。

鄉愁，赫然在床上

——讀和權的詩集《橘子的話》　周粲

許多人讀和權，會談到他的〈橘子的話〉、〈蝦〉、〈蟹〉、〈大排檔〉、〈紹興酒〉、〈木偶〉等這些詩，這些詩，跟菲律賓其他的詩人如雲鶴、月曲了的某一些詩，是一樣的。這裡頭有深沉的委曲，也有濃濃的鄉愁。

現在我不談這一類的詩，我要談的是和權另一類的詩，也就是在我看起來，非常「魔幻」的詩。以這樣的一個角度來看和權，我們也許可以說和權是「魔幻的和權」，

讀《橘子的話》這本由台灣林白出版社出版的詩集，魔幻的和權隨時都會出現在我們眼前。

比方在〈劍〉這首詩裡，和權說：

> 眼神如劍
> 乍然嗖的一聲
> 洞穿了胸口
>
> 相思
> 滴紅床褥

在〈我忍不住大笑〉這首詩裡，和權說：

> 假如海灣的落日
> 是我睜開的一隻眼睛

哗然的海浪
便是我忍不住的大笑

在〈中秋〉這首詩裡，和權說：

清冷的
月輝探入，探入
半掩的門窗
鄉愁，赫然在床上

在〈一張照片〉這首詩裡，和權說：

怔怔地
把臉上的皺紋
看成了
蜿蜒的江河
水聲泠泠
朝生命的盡頭
流淌而去

在〈水跡〉這首詩裡，和權說：

伸手一探
空間
猶有水跡

在〈某夜〉這首詩裡，和權說：

書案上
柔和的
燈光
悄悄釀造一面
平靜的湖
心事
沉下去，化為
一尾游魚

　　但是上面所引的這些詩行，都比較零碎。比較完整的，是那首
叫做〈歲月〉的詩：

窗
開向夜空
慘澹
的光
流瀉下來
蠕動著
爬進室內

攀上我的床
密密麻麻地
摸黑來犯
我狠狠地掙扎
逼出一聲淒厲已極
的喊叫

猛驚醒
但覺頭皮癢癢的
於是
踉踉蹌蹌
跌到鏡前
赫然
見到蠕蠕而動的
光
已化成
一根根白髮

我們可以看出，為了完成這首詩，和權特地設計了一處這樣的布景：房一間，窗一扇，床一張，人一個。黑暗中，月光、星光，從窗外照射過來。照射進那個人的睡房裡來。那個人本來已經睡去，經月光、星光一照射，竟然醒了過來。醒了過來之後，他不是像李白那樣，疑月光為地上霜，接著「舉頭望明月，低頭思故鄉」，而是由於極度驚慌，禁不住大聲喊叫。為什麼呢？當然因為他夢見自己的頭髮變白了。但是夢畢竟是夢，夢並不等於事實。所以那個人匆匆忙忙地跑去照鏡子。他希望夢只是夢，夢不是真。哪知一照之下，夢偏偏成真：他的頭髮都變白了！一夜之間，他的頭髮變白了。黑髮與白髮之間的距離，竟然是如此之短；黑髮變白髮，也竟然是如此輕而易舉的事！而這樣的事，怎不叫那個人「赫然」！

是什麼叫黑髮變白髮呢？是歲月吧？但是詩人偏偏不說是歲月，而把「帳」記到月光星光「身上」去。魔幻一番之後，觸目驚心的一幕，便這麼產生了。

我只是就一個小小的點來談和權的詩。要好好地談他的詩，就不只這樣短小的篇幅了。

豈止深入淺出那麼簡單

——談和權詩集《我忍不住大笑》裡的一些小詩　周粲

　　和權對詠物詩，可謂情有獨鍾；在為數將近四百首詩中，針對某種物件歌之詠之的詩，似乎占了絕大多數；僅以第一輯中的詩為例，就有了〈樹根與鮮鮑〉、〈槍〉、〈鈔票〉、〈路〉、〈月光〉、〈中秋月〉、〈潮濕的鐘聲〉等等。

　　詠物詩在古今的詩作中，是一大類別；至於寫得好不好，就全視作者是否有獨到的眼光和表現的能力而定了。

　　和權的詩集叫《我忍不住大笑》，這其實是第一輯中第一首詩的篇名。詩這麼寫：

　　落日
　　對著
　　一大群人圍觀的講台

　　講台上捏拳的演說者
　　說得連公園裡的椰樹
　　都不停點頭

　　假如海灣的落日
　　是我睜開的一隻眼睛
　　嘩然的海浪
　　便是我忍不住的大笑

詩中，作者並不曾說明演說的地點；因為這一點並不重要。反正類似的演說，哪裡都可能會有。不過在這首詩裡，作者倒是就地取材，把當時眼前所見標明出來；那是落日、椰樹、海灣和海浪。就地取材有一個好處，那就是能更生動、更直接地帶進當時的情景中，或者說，進入狀況。不必多著筆墨，輕描淡寫的「捏拳」二字，就已經把演說者非常形象、非常生動地勾勒出來了。他是慷慨激昂的。至於演說的內容、事件，大可以略去不表。反正，一定是說服力很強的，要不然，怎麼連在場的椰樹都頻頻點頭稱是？作者把描繪的對象都集中在椰樹身上，不提作為人的聽眾，但是聽眾中大部分被演說者也許是精彩的內容所感動、所認可，卻不言而喻。

那麼，那個當時也在現場的詩人聽了演說之後有什麼感想、什麼反應呢？聰明的他，當然不會直接告訴你。他轉彎抹角地呈現出一幅假設的畫面，也就是詩最後一段的那四行文字。現在我們知道了：詩人是旁觀者清的，他是非分明，不會輕易被說服、被愚弄、被欺騙。他顯然對捏拳那個人的言論，有異議。異議到了極致，便只能大笑、狂笑以對。如果讀者視末段的陳述為一場演出，那該是多麼精彩的一場演出啊！

這就是詩了。一切盡在不言中（大笑而不說話），卻比說了一大堆話效果更好。總之，演說者的花言巧語是逃不過詩人銳利的眼睛和靈敏的耳朵的。

也許詩人在無可奈何的情況底下，只好以笑特別是大笑來暫時抒發心中的憤慨與不滿，所以除了上面這首詩以外，他也以〈大笑〉為題，寫了另一首詩如下：

波斯灣滔天的白浪
轟轟隆隆
笑不停

......
笑
不准離境的
貴賓
笑
有多少正義哪
就有多少槍砲
笑
整個世界
是光明了
在熊熊的戰火中

　　在這首詩裡，發出笑聲的不是詩人，而換了角色：「滔天的白
浪」。詩人列出白浪大笑的原因。最弔詭的是：正義與槍砲，居然
同等數量。尤其是指出世界之所以有光明，是由於它是在「熊熊的
戰火」的照耀之下。多麼大的諷刺，也是多麼大的悲哀啊！

我就喜歡這種詩

——讀和權的詩集《隱約的鳥聲》　　周粲

和權真了得，幾乎是一口氣就推出了三部每部都厚達數百頁的書；包括最新的詩集《隱約的鳥聲》。

讀了這部詩集之後，我想根據個人的喜好，挑出若干首小詩來談談。

首先要談的是頁四十七的〈鷹〉：

一飛沖天

因為掀動的翅膀

一左
一右

這首只有五行的詩，其實可以目為詩裡的小小詩。你會怎麼解讀這首詩呢？依我個人的看法，這首寫鷹、寫鳥的詩，其實寫的是人。鷹只是一種寄託；也就是所謂「言在此而意在彼」。君不見有人之所以飛黃騰達、高官厚祿，靠的是什麼？還不是靠他的看風轉舵，忽左忽右，在意識形態上隨時做適當的、必要的調整。另一個說法就是：這個人是個騎牆派的人，你「不齒」是你的事，在事業上，他已經功成名就了，他已經「一飛沖天」了。而想達到這個目的，只消掀動翅膀，使它能一左一右而已。

我這麼分析這首詩，你是不是認為有牽強附會之嫌？再看頁

七十九的〈情人節〉：

> 聞到
> 你手上淡淡的
> 花香
> 啊──
> 數十年前今天
> 你含笑接受
> 三朵
> 紅玫瑰

　　這首詩和上一首詩，內容完全不同。這是一首深情款款的情詩，作者寫的是一件發生在情人節的事。男的在情人節聞到女的手上的花香，不覺產生了聯想。他想到數十年前的另一個情人節，女的曾經含笑地接受了男的贈送的紅玫瑰。也許正因為這三朵紅玫瑰，進而發展到女的成為男的新娘。這首詩，寫得多麼溫馨，多麼動人。

　　現在倒退一頁，看看頁七十八的〈念〉，這首詩的題目，叫做〈念〉固然可以，叫做〈父親〉也無妨，因為整首詩寫的是對父親的思念之情。且看：

> 微醺時
> 緊抓住一條
> 酒香
> 往上飄飛
> 或許
> 在暮色的雲端

見到
父
親

　　作者在這首詩裡，發揮了他極為豐富的想像力。他竟然匪夷所思地能緊抓住一縷酒香往上飄飛！讀者諸君，他抓住的，是不可見、不可觸的香味，而不是一條繩子呢！他為什麼這麼寫？因為也許父親也是好酒之人，一聞到酒香，就連帶想到父親。酒香是思念的載體和依據。現在父親在哪裡呢？不必說，他早已魂歸天國了；所以想再見到父親，唯一的途徑便是到達父親的「存在地」雲端（天上）。

　　現在要看的是頁一零六的〈菩薩〉：

念佛聲中
驀地揮手
撲殺了腿上的蚊子

似乎
淚光一閃
觀音
依舊含笑

　　詩中所寫的事情是有可能發生的。你在聚精會神地在唸佛，忽然間，你感覺身體某處一陣微痛。是被蚊子叮了一口。你不知不覺，下意識地一揮手，結果把蚊子打死了。天啊，這可是殺生啊！是不容許的。平時已經不容許，更何況是在拜佛唸經的此時此刻。尤其是犯了一大忌。怎麼辦？「似乎淚光一閃」，是唸佛的人感到

於心不忍，而禁不住要流淚吧？所謂「惻隱之心，人皆有之」，那麼觀音菩薩這方面呢？她會譴責殺生的凡人嗎？答案當然是不會。因為我們都知道：觀音菩薩是「慈悲為懷」的，她能夠原諒、寬恕「一切眾生」。所以她「依舊含笑」，表示她很理解，也很諒解。

再讀一首跟宗教有關的詩，即頁一零九的〈超渡〉：

> 莫非要超渡所有
> 亡國魂？
>
> 地震之後
> 葉子們
> 竟夕在風雨中
> 唸：
> 南無阿彌陀佛
> 南無阿彌陀佛

相信詩人寫這首詩，是鑑於不久前地震事件的聯想。詩人先不說明誰在「超渡」、為誰超渡。到了第二節，才讓讀者「真相大白」。原來在進行超渡工作的是葉子，被超渡的是地震中的亡魂。連葉子們都要唸南無阿彌陀佛，為死難者超渡，而且是「竟夕」（整個晚上），可見葉子們是多麼虔誠，多麼富有同情心和愛心。另一方面，說葉子們竟夕在風雨中誦經，意象十分突出，可圈可點。

頁一一三的〈另一種土地〉，是一首有奇思妙想的詩：

> 長出雀斑
> 長出翻鬚
> 長出魚尾紋

長出白髮
也長出一枚枚
嘆息

鏡子
是另一種土地
而顏面
是種子

　　顯而易見的，這首內容奇特的詩，一定是有一天，詩人在對鏡時，神思飛馳，有感而作的。顏面是種子，那麼，雀斑、鬍鬚、魚尾紋、白髮等，都是作為顏面的種子長出來的。這些僅屬於不帶褒貶意思的敘述，一直到了「長出嘆息」，才讓讀者知道詩人存對鏡時，發現了歲月的流逝，年華的老去，不覺悲從中來，發出了「一枚枚嘆息」。

　　既然被叫做詩人，說明他的觀察力、想像力都比一般人強。不信，請看頁一百二十這首〈新居〉：

傍晚
在四十八樓
泳池邊
遠眺
恍惚間
望見
逃學那一天
母親
手持藤條

在家門外
啊──
在家門外

等我

　　從這首詩裡，我們看到的是：詩人搬了新居。新居在公寓的那
一層樓我們不知道。但是游泳池是在公寓的第四十八層樓。詩人傍
晚時分，到四十八樓的泳池邊望眺，結果聯想到「回憶起小時候因
為逃學，母親持藤條等他回家，準備好好地教訓他」的一幕。詩人
把「等我」二字另起一節，以製造懸疑效果。說明詩人下筆時，是
經過一番構思經營的。同時，詩人能在日常生活中挖掘題材，寫出
不俗的詩，很值得我們讚揚和效法。
　　接著要看的是一首叫做〈黑色時辰〉的詩：

停電
妻輕聲說：
小心
別絆倒了

活到今天
已習慣
黑
暗

什麼都看得見
看得清

這首詩寫得非常簡單，也很淺白，但淺白並不等於易懂；因為詩人要傳達的，並不只是字面上的意思而已。這首詩的每一句話都有寓意，讀的時候必須份外小心，絕不能「等閒視之」。請注意詩人通過「妻」的口提醒詩人要小心，以免絆倒。她原可以或應該大聲說，為什麼要「輕聲」說呢？原因很簡單，怕「隔牆有耳」，生活在特定環境裡的人，必然需要時刻小心，以免惹禍上身。第二節說：活到今天，已習慣黑暗。可見詩人在黑暗中生活，已經成了「家常便飯」。不過這一來也有好處，那就是即使眼前一片漆黑，他也不至於分不清是非黑白。他不但「什麼都看得見」，而且什麼都「看得清」。我這麼分析，不知是否有牽強附會，強作解人之嫌。

底下的一首，題目是〈飛〉：

就算飛千年
萬年
也要飛出時空
的羈絆

葉子說

讀到最後，我們才知道第一節詩裡所說那些豪語、壯語，都出自葉子的「口」。詩人實在會開玩笑。但是詩人的用意是可以理解的，他想給讀者一個「驚喜」。這是創作的需要，是詩的一種表現手法和技巧。我猜詩人通過這首詩來傳達的訊息是：一廂情願，並不能成事。凡事在立下志願之前，一定要考慮到客觀條件是否足夠或允許，否則，將只是空談，而且還會貽笑大方。

第一三七頁是一首叫〈火柴盒〉的詠物詩：

很小
卻隱伏著
點亮
千萬支蠟燭
的
能量

心啊
小小火柴盒

　　如果說某些詩有懸宕的色彩，那麼，我們發現，把真相、謎
底、中心思想、信息等放在詩的最後一節：是詩人和權的慣用手
法；而且用得很成功。這首詩就是一個例子。原來詩人要說明，要
表達的是：心雖然小，卻有足夠的能量，能給他人帶來溫暖，帶來
光明。
　　〈尾巴〉這首詩，出現在頁一四五：

眼睛開刀後
看東西
清晰多了
卻驚見
很多很多
尾巴
啊——
到處都有
搖擺的

尾巴
尾巴　尾巴

　　這首詩一看，就知道是一首諷刺詩。諷刺的是一些社會現象。妙的是詩中人眼睛開刀後，別的沒說是否看得清楚，卻一味強調尾巴。尤其是那個「驚」字，把讀者的注意力都集中到尾巴上面。尾巴多，說明長這些尾巴的人或者如狗一樣多。也就是詩中所說的「到處都有」。讀者當然也不可以忽略「搖擺」二字。這絕對是詩人所要強調的。寫到這裡，筆底自然而然浮現了一個成語「搖尾乞憐」。那是多麼可憐、多麼可悲、多麼醜陋的一個畫面啊！我真想吊個書袋，說：「余不欲觀之矣！」

　　最後，讓我們再來看一首詩，那是頁一八零一八零的〈礁〉：

把頭伸出海面
與浪濤
一起咒罵
愛情

把頭沉入水中
為你而流的
淚
沒人看見

　　讀這首詩時，出現在我們視線裡的，主要是一個頭。這個頭一下子「伸出海面」，一下子「沉入水中」。是誰的頭呢？原來是礁石的頭。礁石其實也很像一個頭；所以把頭借用來形容礁石，是合理的。海濤能發出聲音，所以可以和礁石一起咒罵愛情。為什麼咒

罵？也許它失戀了，也許它被欺騙了。總之，這是悲傷的事，痛苦的事，所以它哭了。哭時，淚水與海水合而為一，又怎麼看得見呢？這首詩的寫作，又是詩人和權有豐富想像力，能見他人所見不到的事物的一個證明。

我自己也是一個喜歡寫詩、讀詩的人，但是我讀過的一些詩中，有的詰屈聱牙，叫人難以終篇；有的晦澀難解，讀時煞費苦心；有的形同散文，說明作者根本不知詩之為物，不一而足。但是和權的詩，深入淺出、短小精悍，正得我心，正合我意。所以我常跟人家說：「我就是喜歡這種詩。」這種詩，詩人寫了，無愧於心；讀者看了，心領神會，是一種非常良性的「互動」，也是一種非常「愉快的閱讀經驗」。

我希望和權繼續寫這一類的詩，將來多出版讓我們期待的詩集。

【作者簡介】

周粲，原名周國燦，是前南洋大學文學士，前新加坡大學文學碩士。曾擔任中學教師、教育部專科視學、教育學院講師等職。他也是新加坡新聞與藝術部文化獎（1990）及第二屆新華文學獎得獎人。1975 年及 1980 年分別獲得書業發展理事會之童詩與詩歌書籍獎。至今已出版之各類文學作品達六十餘種。現已退休，專事寫作。

和權寫作年表

一九六〇年代加入辛墾文藝社。努力於寫作及推動菲華詩運。

一九八〇年　詩作入選《中國情詩選》，常恩主編，青山出版社
　　　　　印行。

一九八五年　與林泉、月曲了、謝馨、吳天霽、珮瓊、陳默、蔡
　　　　　銘、白凌、王勇創立「千島詩社」。與林泉、月曲了
　　　　　掌編《千島詩刊》第1期至26期（共編二年半。不設
　　　　　「社長」位。和權負責組稿、審稿、撰寫「詩訊」、
　　　　　校對，以及對台、港、中、星、馬、美、加等地之詩
　　　　　刊的交流）。

一九八六年　擔任辛墾文藝社社長兼主編。

一九八六年　榮獲菲律賓王國棟文藝基金會「新詩獎」，評審委
　　　　　員：向明、辛鬱、趙天儀。

一九八六年　出版詩集《橘子的話》，非馬、向明、蕭蕭作序，台
　　　　　灣林白出版社刊行。

一九八六年　為菲華詩選《玫瑰與坦克》組稿，並撰〈菲華詩壇現
　　　　　況〉。張香華主編，林白出版社刊行。

一九八六年　詩作〈橘子的話〉，收入台灣爾雅版向陽主編的
　　　　　《七十五年詩選》一書。張默評語：結構單純，引喻
　　　　　明確，文字淺顯，但是卻道出了海外華僑共同普遍的
　　　　　心聲。

一九八六年　應邀擔任學群青年詩文獎評審委員。

一九八七年　英文版《亞洲週刊》（*Asia Week*），介紹和權的《橘
　　　　　子的話》，並附和權照片。

一九八七年　加入台灣「創世紀詩社」。

一九八七年　　脫離「千島詩社」。與林泉、一樂等創立「菲華現代詩研究會」。主編研究會《萬象詩刊》二十年（每月借聯合日報刊出整版詩創作、詩評論等。從不停刊）。

一九八七年　　《橘子的話》詩集榮獲台灣華僑救國聯合總會華文著述獎「新詩首獎」，除頒獎章獎金外，並頒獎狀。評語：寫出華僑的心聲及對祖國與先人的懷念，清新簡潔感人至深。

一九八七年　　詩作〈拍照〉收入《小詩選讀》，張默編，台灣爾雅出版社出版。張默說：「和權善於經營小詩。『拍照』一詩語句短小而厚實，敘事清晰而俐落，……其中滿布以退為進，亦虛亦實，似真似假的情境，……有人以『自然美、純淨美、精短美、親切美、暢曉美』（姚學禮語）來稱許他，亦頗貼切。」

一九八七年　　台灣《時報週刊》769期，刊出和權撰寫的〈獨行的旅人〉（作家談自己的書。我寫「你是否撫觸到衣襟上被親吻的痕跡」），並附和權照片。

一九八八年　　與林泉、李怡樂（一樂）合著詩評集《論析現代詩》，香港銀河出版社刊行。同時編選《萬象詩選》。

一九八九年　　二度蟬聯菲律賓王國棟文藝基金會「新詩獎」。評審委員：蓉子等。

一九八九年　　獲菲華兒童文學研究會、林謝淑英文藝基金會童詩獎。

一九九〇年　　大陸知名詩人柳易冰主編的詩選集《鄉愁——台灣與海外華人抒情詩選》（河北人民出版社），收入和權的詩〈紹興酒〉，又在大陸著名的《詩歌報》「詩帆高掛——海外華人抒情詩選萃」中介紹和權的生平與作品。

一九九一年　　詩集《你是否撫觸到衣襟上被親吻的痕跡》出版，羅

門作序，華曄出版社。

一九九一年　榮獲台灣僑務委員會獎狀。評語：華僑作家陳和權先生文采斐然，所作詩集反映時事對宣揚中華文化促進中菲文化交流貢獻良多特頒此狀以資表揚。並頒獎金。

一九九一年　詩評論〈迷人的光輝〉及〈試論羅門的週末旅途事件〉二篇，收入《門羅天下》（當代名家論羅門）一書，文史哲出版社。

一九九一年　小品文〈羅敏哥哥〉，收入台灣《中國時報・人間副刊》溫馨專欄精選暢銷書《愛的小故事》，焦桐主編，時報文化出版社。

一九九一年　獲中國全國新詩大賽「寶雞詩獎」。

一九九二年　詩集《落日藥丸》出版，菲律賓現代詩研究會出版發行，列入「萬象叢書之四」。

一九九二年　大陸著名詩評家李元洛評論文章〈千島之國的桔香——菲華詩人和權作品欣賞〉，收入李元洛著作《寫給繆斯的情書》，北岳文藝社出版發行。

一九九二年　詩作〈落日藥丸〉，選入香港《奇詩怪傳》，張詩劍主編，香港文學報社出版。

一九九二年　《落日藥丸》詩集，榮獲台灣「中興文藝獎」，除頒第十六屆中興文藝獎章（新詩獎）壹枚外，並頒獎金。

一九九三年　台灣文藝之窗「詩的小語」（張香華主持）於七月四日警察廣播電台介紹和權生平，並播出和權的詩多首：〈鞋〉、〈拍照〉、〈鈔票〉、〈我的女兒〉、〈彩筆與詩集〉。

一九九三年　榮獲菲律賓中正學院校友會「優秀校友獎」。

一九九三年　台灣《文訊》月刊，刊出女詩人張香華的文章〈珍禽
　　　　　——認識七年來的和權〉，並附和權照片。

一九九三年　童詩〈瀑布〉、〈我變成了一隻小貓〉、〈不公平的
　　　　　媽媽〉、〈螢火蟲〉四首，收入「世界華文兒童文
　　　　　學」（World Children Literature in Chinese）。中國太
　　　　　原，希望出版社刊行。

一九九三年　詩作〈潮濕的鐘聲〉，榮獲台灣「新陸小詩獎」。作
　　　　　家柏楊先生代為領獎。

一九九四年　詩作入選台灣《中國詩歌選》。

一九九四年　詩作多首入選南斯拉夫版《中國當代詩選》，張香
　　　　　華編。

一九九五年　詩作〈橘子的話〉，選入《新詩三百首》（一九一
　　　　　七～一九九五。集海內外新詩人二百二十四家，三
　　　　　百三十六首詩作於一書。大學現代詩課堂上採作教
　　　　　材）。張默、蕭蕭編，九歌出版社刊行。

一九九五年　於聯合日報以筆名「禾木」撰寫專欄「海闊天空」
　　　　　至今。

一九九五年　二度榮獲菲律賓中正學院校友會「優秀校友獎」。

一九九五年　詩作多首入選羅馬尼亞版《中國當代詩選》，張香
　　　　　華編。

一九九五年　大陸評論家陳賢茂、吳奕錡撰寫〈談和權〉，收入評
　　　　　述菲華文學的史書。

一九九六年　台灣《時報週刊》959期，大篇幅刊出和權的詩〈除
　　　　　夕・煙花——給妻〉（選自詩集《落日藥丸》），附謝
　　　　　岳勳之彩色攝影，及模特兒蔡美優之演出。

一九九六年　應邀擔任菲華兒童文學學會主辦第一屆菲華兒童作文
　　　　　比賽評審委員。獲贈感謝狀。

一九九七年　台灣《時報週刊》985期，大篇幅刊出和權的詩《印泥》，附黃建昌之彩色攝影，及影星何如芸之演出。

一九九七年　五四文藝節文總於自由大廈舉辦慶祝晚會，多名女作家朗誦和權長詩〈狼毫今何在〉（朗誦者：黃珍玲、小華、范鳴英、九華等人）。

一九九七～一九九九年　應邀擔任菲律賓僑中學院總分校中小學生作文比賽之評審委員。獲贈感謝狀。

二○○○年　《和權文集》出版，雲鶴主編，中國鷺江出版社出版發行。附錄邵德懷、李元洛、劉華、姚學禮、林泉、吳新宇、周柴評論文章。

二○○○～二○○一年　再度應邀擔任菲律賓僑中學院總分校學生作文比賽之評審委員。獲贈感謝狀。

二○○六年　詩作〈葉子〉，收入台灣《情趣小詩選》，向明主編，聯經出版社刊行。

二○○八年　大陸評論家汪義生撰寫〈華夏文脈的尋根者──和權和他的《橘子的話》〉，收入他的評論集《走出王彬街》。

二○一○年　《創世紀》詩雜誌162期，刊出和權的詩創作〈從「象牙」到「掌中日月」十首〉，並刊出二○○九年十二月二十九日，攜一對子女訪台時，與創世紀老友多人在台北三軍軍官俱樂部雅集之照片。

二○一○年　台灣《文訊》292期，刊出和權於二○○九年十二月三十一日，與多位創世紀詩社同仁拜訪文訊雜誌社（封德屏總編輯親自接待。大家一同參訪文訊資料中心書庫，並在現場留影）之照片。該期介紹和權生平及作品。

二○一○年　台灣《文訊》294期，刊出和權詩兩首〈砲彈與嘴

巴〉及〈集郵〉。附彩色攝影照片，十分精美。

二〇一〇年　於《聯合日報》社會版「海闊天空」闢「詩之葉」，致力提升詩量詩質，影響社會風氣。

二〇一〇年　台灣《文訊》297 期再度刊出和權的詩二首〈咖啡〉與〈黑咖啡〉。附彩色攝影照片，至為精美。

二〇一〇年　詩集《我忍不住大笑》出版，楊宗翰主編，台灣秀威文化公司刊行（列入「菲律賓‧華文風」叢書之十）。

二〇一〇年　《和權詩文集》出版，陳瓊華主編，菲律賓王國棟文藝基金會刊行（列入「菲律賓‧華文風」叢書之十）。

二〇一〇年　九月，詩作〈熱水瓶〉收錄南一書局出版之中學國文輔助教材《基測綜合題本》。

二〇一〇年　詩集《隱約的鳥聲》出版，楊宗翰主編，台灣秀威資訊科技股份有限公司製作發行（列入「菲律賓‧華文風」叢書之十九）。該書剛出版，國立台灣大學圖書館即購一冊。記錄號碼：B3723139。

二〇一〇年　〈獨飲〉一詩刊於《文訊》。附彩色攝影照片，很是精美。

二〇一一年　詩作多首譯成韓文，刊於韓國重量級詩刊。

二〇一一年　詩二首〈筵席上〉與〈礁〉，收入蕭蕭主編之《二〇一〇年台灣詩選》，亦即《年度詩選》一書。

二〇一一年　詩作〈橘子的話〉收入《漢語新詩鑑賞》，傅天虹主編。

二〇一一年　〈大地震之後〉一詩刊《文訊》。附彩色攝影照片，極為精美。

二〇一一年　詩作〈鐘〉又被台灣康熹文化（專門製作教科書、參

考書的出版社）選入教材，亦即用於《高分策略——國文》。

二〇一一年　中、英、菲三語詩集《眼中的燈》出版，菲律賓華裔青年聯合會刊行。

二〇一二年　詩集《回音是詩》出版，楊宗翰主編，台灣秀威資訊科技股份有限公司製作發行（列入「菲律賓·華文風」叢書之廿一）。

二〇一二年　獲菲律賓作家聯盟（UMPIL）頒詩聖描轆杳斯文學獎（Gawad Pambansang Alagad ni Balagtas），該獎為菲國最高文學獎，亦為「終身成就獎」。

二〇一二年　三語詩集《眼中的燈》之菲譯版（由施華謹先生翻譯），在年度甄選的最佳國家圖書獎（National Book Awards）中入圍，該獎是菲國榮譽最高的圖書獎每年被提名的由各主要出版社出版的優秀書籍多達幾百本，能夠入圍的卻僅有數本。

二〇一二年　三語詩集《眼中的燈》除在菲國兩家主要書店National Book Store和Power Books，上架出售外，也在菲國數間大學被當作翻譯課本使用。

二〇一二年　詩評集《華文現代詩鑑賞》，與林泉、李怡樂合著出版，台灣秀威資訊科技股份有限公司製作發行，列入新銳文叢之十九。

二〇一二年　受聘為菲律賓「第一屆亞洲華文青年文藝營」之顧問。

二〇一三年　馬尼拉計順市華校，擇取和權詩作〈殘障三題〉等，訓練學生朗讀。

二〇一三年　二月十六日，華校學生在此間愛心基金會朗讀和權的作品〈樹根與鮮鮑〉、〈和平之城〉、〈殘障三題〉。

二〇一三年　台灣某校高二課程有現代詩，侯建州老師把和權的作

品拿出來分享討論。

二〇一四年　詩集《震落月色》出版，台灣秀威資訊科技股份有限公司製作發行，列入秀詩人01。

二〇一四年　和權的詩五篇〈漂鳥〉、〈在畫廊〉、〈住址〉、〈即景〉、〈一尾詩〉選入聯合新聞網udn閱讀藝文〈獨立作家詩選〉——選自《震落月色》詩集。

二〇一四年　和權詩集《我忍不住大笑》、《隱約的鳥聲》、《回音是詩》、《震落月色》、《眼中的燈》（三語詩集）、《華文現代詩鑑賞》等著作，入藏北京「中國現代文學館」。

二〇一四年　詩集《霞光萬丈》出版，台灣秀威資訊科技股份有限公司製作發行，列入秀詩人03。

二〇一四年　和權的詩〈金錢草〉選入台灣名詩人張默傾力編成的第三部小詩選《小詩・隨身帖》。

二〇一四年　十月，《創世紀》創刊一甲子，《文訊》雜誌特別展出《創世紀》180期詩刊封面，以及四十七位創世紀同仁風格獨具的詩手稿。和權的小詩手稿〈殘障三題〉，與他的照片和簡介一同展出（地點：台北市紀州庵文學森林。日期：十月九日至十月廿六日）。

二〇一五年　詩集「悲憫千丈」出版，台灣秀威資訊科技股份有限公司製作發行，列為讀詩人64。

二〇一五年　中國劇作家協會文學部主辦「華語詩人」大展（八五），推出和權（菲律賓）詩作二十二首。

二〇一六年　「唯美詩歌學會」推薦唯美菲籍華裔著名詩人和權詩作八首（附輕音樂）。

二〇一六年　東南亞華語詩人作品選《三》，推薦和權詩作〈橘子的話〉、〈找不到花〉。

二〇一六年　台灣畢仙蓉老師朗讀和權詩作八首。字正腔圓且充滿感情的朗誦，令人一聽再聽不厭。

二〇一六年　中國萬象文化傳媒詩人，推薦和權的詩十二首。

二〇一六年　榮獲中國八仙詩社擂台賽「一等獎」，亦即第一名（全國各地三十多位知名詩人參賽）。

二〇一六年　台灣這一代詩歌社與資深青商總會合辦「吟遊台灣詩詞大賞」活動。榮獲詩獎。

二〇一六年　台灣2016年度詩選《給蠶》，收入和權的詩四首〈畫夢〉、〈撐開的傘〉、〈一張照片〉、〈一抹彩霞〉。

二〇一七年　應邀為中國丐幫「華韻杯」詩賽評委。

二〇一七年　應聘為「中華漢詩聯盟」顧問。

二〇一七年　中國《蓼城詩刊》第18期，短詩聯盟推薦和權的詩八首，亦即〈新年八首〉。

二〇一七年　「中華漢詩聯盟」多次為和權製作個人專輯，刊出詩多首。

二〇一七年　中國《周末詩會》337期，刊出和權的詩多首。

二〇一七年　中國《詩歌經典2017》出版（經銷：全國新華書店）。收入和權的詩二首：〈小喝幾杯〉、〈勁竹〉。附詩人簡歷及觀點。

二〇一七～二〇一八年　《中華漢詩聯盟》、《長衫詩人》、《短詩原創聯盟》等，多次刊發《和權小詩專輯》，博得讚譽。

二〇一七年　《台灣詩學截句選300首》，收入和權的詩四首：〈弦外之音〉、〈情愛〉、〈紅泥小火爐〉、〈失戀〉。

二〇一八年　《中國情詩精選》多次刊發、朗誦和權的詩（點擊率過千），好評如潮。

二〇一八年　中國《短詩原創聯盟》舉辦「和權盃小詩大賽」，參

賽者眾。圓滿成功。

二〇一八年　《中國詩歌經典2018年》（經銷：全國新華書店），
　　　　　　收入和權的詩三首：〈獨弦琴〉、〈西楚霸王〉、
　　　　　　〈舉杯邀明月〉。附詩人簡歷及觀點。

二〇一八年　和權情詩八首〈藍色月光石〉、〈拭淚〉、〈星光藍
　　　　　　寶石〉等，選入台灣《這一代的文學——每日一星佳
　　　　　　作選集》。

二〇一八年　和權情詩十二首：〈雨中漫舞〉、〈漂泊者返家了〉等，
　　　　　　選入台灣《這一代的文學——每日一星佳作選集》。

二〇一八年　《中國情詩精選》第0358期刊發、朗誦和權的詩十首，
　　　　　　同時刊發於廣東《觸電新聞》（面對大海朗讀），一萬
　　　　　　八千人閱讀。

二〇一九年　台灣《魚跳：2018臉書截句選300首》，選入和權的詩
　　　　　　四詩：〈月兒彎彎〉、〈養在詩中〉、〈泡影說法〉、
　　　　　　〈火柴〉。

二〇一九年　和權詩七首〈中國神韻之風製作〉，點擊率過六萬。

二〇一九年　中國實力詩人《中國詩人總社檔案2019》（Chinese
　　　　　　Power Poet Archive 2019），收入和權的詩〈讀你〉、
　　　　　　〈願〉。排在前百名之內第44號（安排於全國新華書
　　　　　　店出售）。

二〇一九年　中國《華語詩壇》刊發《陳和權專輯》。閱讀量：
　　　　　　4.9萬。

二〇一九年　中國「華語詩壇」特別荐詩，亦即和權題詩：一百年
　　　　　　來震驚人類靈魂的十五張新聞照（和權專稿）。

二〇一九年　中國「華語詩壇」刊出《陳和權專輯》。

二〇一九年　獲選中國「名人錄」檔案0045號（收入代表作八首）。

二〇一九年　中國「東佳書社」刊出《和權專輯》。

二〇一九年　選入中國「名家檔案」，列0004號（名家風采榜），並刊出陳和權作品展（詩作八首。附名家評論）。

二〇二〇年　元月中旬，菲律賓中正學院「菲華文學館」展出和權的全部作品（共十九本詩文集）及〈落日藥丸〉等代表作多首。

二〇二〇年　元月下旬，中國「華語詩壇」（第26期）刊發和權的詩〈夜深沉〉、〈天冷〉，閱讀量一萬。

二〇二〇年　元月下旬，中國「名人行」01期，刊出和權的詩〈封城了〉。

二〇二〇年　二月三日，中國「世界名人會」，刊發和權的詩五首。

二〇二〇年　二月四日，中國「名人行」02期，刊出和權的詩〈給地球人〉。

二〇二〇年　十二月，詩作二首收入台灣網路年度詩選。

二〇二一年　三月上旬，台灣國家圖書館徵收和權的寫作手稿。這是一份難得的特殊榮譽。

二〇二二年　大陸《中華詩魄》上半年刊《名家經典》，收入和權詩作〈大時代〉（外四首）。

二〇二二年　2021全球華人網路詩選收入和權詩作〈長巷的盡頭〉、〈紅花。白花〉。

二〇二二年　台灣麥田《南洋讀本》，獲授權使用和權的詩〈眼中的燈—給扶西・黎剎〉。該書已出版。

讀詩人161　PG2878

 一斤苦惱
——和權詩集

作　　者	和　權
責任編輯	洪聖翔
圖文排版	黃莉珊
封面設計	王嵩賀

出版策劃　釀出版
製作發行　秀威資訊科技股份有限公司
　　　　　114 台北市內湖區瑞光路76巷65號1樓
　　　　　電話：+886-2-2796-3638　傳真：+886-2-2796-1377
　　　　　服務信箱：service@showwe.com.tw
　　　　　http://www.showwe.com.tw
郵政劃撥　19563868　戶名：秀威資訊科技股份有限公司
展售門市　國家書店【松江門市】
　　　　　104 台北市中山區松江路209號1樓
　　　　　電話：+886-2-2518-0207　傳真：+886-2-2518-0778
網路訂購　秀威網路書店：https://store.showwe.tw
　　　　　國家網路書店：https://www.govbooks.com.tw
法律顧問　毛國樑　律師
總 經 銷　聯合發行股份有限公司
　　　　　231新北市新店區寶橋路235巷6弄6號4F
　　　　　電話：+886-2-2917-8022　傳真：+886-2-2915-6275

出版日期　2022年12月　BOD一版
定　　價　360元

讀者回函卡

國家圖書館出版品預行編目

一斤苦惱：和權詩集 / 和權著. -- 一版. -- 臺北
市：釀出版：秀威資訊科技股份有限公司發
行, 2022.12
　　面；　公分. -- (讀詩人；161)
BOD版
ISBN 978-986-445-760-1(平裝)

851.487　　　　　　　　　　111020538